D1565344

Hervé Guibert

Le protocole compassionnel

Gallimard

Hervé Guibert est né en 1955. Il est mort à Paris en 1991.

Il est l'auteur d'une douzaine de livres parmi lesquels *La mort propagande*, *Des aveugles*, *Mes parents*, *L'image fantôme*, *À l'ami qui ne m'a pas sauvé la vie*.

À toutes celles et à tous ceux qui m'ont écrit
pour *À l'ami qui ne m'a pas sauvé la vie.*
Chacune de vos lettres m'a bouleversé.

Une nuit, à quatre heures du matin, Jules entra chez moi avec sa clef et déposa au pied de mon lit, où endormi je pris à peine conscience de sa présence, un sac en plastique bourré à ras bord de sachets de DDI, ce nouveau médicament dont j'attendais en vain la délivrance depuis un mois et demi, à bout de forces physiques et morales, ayant dû arrêter l'AZT que je ne tolérais plus hématologiquement et qui n'avait jamais eu sur moi l'effet escompté, perdant chaque jour un geste que j'étais encore capable de produire la veille, souffrant à lever le bras pour me coiffer, éteindre le plafonnier de la salle de bains, mettre ou enlever la manche d'un habit, ne pouvant plus courir depuis déjà longtemps pour attraper un autobus, ça devenait une hantise de monter la marche en m'agrippant à la barre puis de me relever du siège pour descendre à la station, impossible d'ouvrir la vitre d'un taxi et la portière en grand sinon par un coup de pied pour y monter ou en descendre (un chauffeur s'était exclamé : « Une femme encore je comprendrais, mais alors vous ! »), puis douloureux de m'en extraire, plus assez de force

11

dans les doigts pour ouvrir ou fermer ma porte à double tour, déboucher une bouteille de champagne, décapsuler un Coca-Cola, faire passer l'air par pression sous un couvercle pour qu'il cède, j'étais désormais incapable de faire aucun de ces gestes sinon au prix de gesticulations et d'efforts grimaçants, un corps de vieillard avait pris possession de mon corps d'homme de trente-cinq ans, il était probable que dans la déperdition de mes forces j'avais largement dépassé mon père qui vient d'en avoir soixante-dix, j'ai quatre-vingt-quinze ans, comme ma grand-tante Suzanne qui est impotente, je ne prends plus de bains parce que je ne pourrais pas me relever de la baignoire et je ne m'accroupis plus sous la douche comme j'aimais à le faire pour me réchauffer au réveil car la tension de mes jambes même un peu croisées et de mes bras sur les rebords de la baignoire ne suffit plus à m'en extirper, je me lave les cheveux à l'extérieur de la baignoire, penché vers le jet d'eau que je règle indigent pour ne pas en mettre partout, et prenant garde de ne pas m'éborgner à la poignée les yeux fermés et savonneux en vérifiant du bout des doigts comme un aveugle la distance qui m'en sépare, puis escaladant jusqu'à quand la baignoire pour me laver debout, en grelottant à cause du tourbillon d'air qui s'engouffre sous la fenêtre, le sexe, le dessous des bras et l'anus, me rinçant de façon malcommode à petit jet, je n'avais plus ce bienfait de l'eau très chaude, une entreprise était venue pour adapter ma salle de bains à la raréfaction de mes mouvements mais j'attendais encore la barre et le rideau de douche, en fait il aurait fallu mettre des barres partout, des systèmes de poulie, et un siège à l'intérieur de la baignoire pour que je n'aie pas à me relever d'aussi bas, je ne pouvais plus m'asseoir par terre, je l'ai oublié à la fête d'Eufisio à la Villa en m'asseyant sur la pelouse comme tous les autres et j'ai dû appeler David à la rescousse pour qu'il me tende la main, j'ai passé le reste de la soirée debout, je somnole toute la journée dans un fauteuil d'où il est devenu pénible de me relever, je n'aspirais plus qu'au sommeil, je me laissais tomber sur mon lit car je ne peux plus y entrer ou en sortir par l'effort de mes muscles, ou j'agrippe mes mains sous mes cuisses pour faire levier ou je me retourne sur le côté pour me retrouver assis après avoir laissé tomber mes jambes, le sommeil était la dernière chose voluptueuse maintenant que j'ai un mal fou à déglutir et que chaque bouchée est devenue une torture et une hantise, et voici depuis trois jours que le seul fait d'être couché dans mon lit est douloureux parce que je ne peux plus m'y retourner, mes bras sont trop faibles, mes jambes sont trop faibles, j'ai l'impression que ce sont des trompes, j'ai l'impression d'être un éléphant ligoté, j'ai l'impression que le duvet m'écrase et que mes membres sont en acier, même le repos est devenu un cauchemar, et je n'ai plus d'autre expérience de vie que ce cauchemar-là, je ne baise plus, je n'ai plus aucune idée sexuelle, je ne me branle plus, la dernière fois que j'ai réessayé un seul poignet n'y suffisait plus, j'ai dû mettre les deux mains, ça faisait des semaines et

13

des semaines que je n'avais pas joui et j'ai été étonné de l'abondance séminale qui redonnait soudain à mon corps une pulsion juvénile, les rapports avec les amis sont presque tous devenus des corvées, je n'écrivais plus jusqu'à ce jour, je ne peux presque plus lire, et ce que vous trouverez de plus étonnant est que je dispose du moyen de me suicider, les deux petits flacons de Digitaline sont là dans ma valise ouverte, sous mes sous-vêtements.

L'autre jour, en entrant dans ce café de la rue d'Alésia où il m'arrive depuis dix ans de boire quelque chose au comptoir malgré la froideur, sinon l'antipathie que me manifestent les serveurs, je ratai la marche en poussant la porte et me retrouvai à genoux au milieu des consommateurs attablés, impuissant à me relever. Ce moment très brusque dura bien sûr une éternité : tout le monde était stupéfait de voir cet homme jeune terrassé, à genoux, pas blessé en apparence, mais mystérieusement paralysé. Aucun mot ne fut échangé, je n'eus pas besoin de demander de l'aide, un de ces deux serveurs que j'avais toujours pris pour un ennemi s'approcha de moi et me prit dans ses bras pour me remettre sur pied, comme la chose la plus naturelle du monde. J'évitai de croiser les regards des consommateurs, et le garçon du comptoir me dit simplement : « Un café, monsieur ? » Je suis profondément reconnaissant à ces deux garçons que je n'aimais pas et qui, je le pensais, me détestaient, d'avoir réagi si spontanément et si délicatement, sans une parole inutile. Jules, à qui je relatai l'épisode, me dit : « Tu as

15

toujours pensé que tout le monde était méchant, mais tu vois bien que ce n'est pas vrai, et que les gens ne demandent qu'à t'aider. » Il m'est arrivé, après que mon médecin m'eut examiné couché, de ne pas pouvoir me relever tout seul de la table, il s'est alors penché sur moi pour que je l'encercle avec mes bras passés autour de son cou, j'avais l'impression d'être un enfant, j'avais l'impression d'être la photo d'Eugene Smith du vieillard irradié et décharné lavé par la jeune infirmière, et je riais de bon cœur, tant la situation était bouleversante, moi qui me sens plus âgé que mon médecin qui a pourtant sept ans de plus que moi, de me retrouver vis-à-vis de lui dans cette position d'abandon total, je riais gaiement comme un enfant heureux et insouciant, le monde était renversé. Mon masseur a tenté de m'expliquer une technique pour descendre tout seul de la table où il vient de pétrir ce qui me reste de muscles trois heures durant, en me couchant sur le côté, en laissant tomber mes jambes hors de la table puis en faisant levier sur un bras et un coude, mais je suis si pantelant à l'issue du massage que mes muscles ne répondent plus, et que je dois chaque fois m'agripper au cou du masseur. Si mon masseur n'avait pas fait ce travail harassant sur mes jambes et sur mes cuisses, pour réactiver mes fibres musculaires étiolées, il est probable qu'aujourd'hui je ne pourrais même plus marcher, je serais ou dans mon cercueil ou dans un fauteuil d'hôpital. Mon masseur fait sur moi un travail d'une très grande générosité, d'une générosité sublime. Les retrouvailles avec mon

16

masseur ont été émouvantes, parce que nous nous étions perdus de vue depuis au moins deux ans, quand j'étais parti pour Rome, et qu'il retrouvait un corps malade, affaibli, décharné, alors qu'il l'avait connu en bonne santé, vigoureux finalement, et même un peu rondouillard. Voilà qu'il devait travailler une sorte de squelette sur lequel pendaient quelques rares lambeaux musculeux, des replis de peau comme éviscérés, mais il avait l'habitude de s'exercer sur des vieillards, et il me dit, lorsque je me présentai entièrement nu devant lui, qu'un corps n'était jamais pour lui qu'un corps, ou toujours qu'un corps, c'est-à-dire une matière, un matériel plus ou moins indifférent. Il prétendait ôter à l'apparence du corps tout aspect esthétique ou émotif, il n'y avait plus entre lui et moi qu'une lutte à entreprendre d'arrache-pied et d'arrache-main pour l'empêcher de sombrer tout à fait et le maintenir debout, contre la montre. C'était ce contrat-là que nous mettions en œuvre chaque mercredi après-midi, entre quinze et dix-huit heures, sans échanger là non plus un mot de trop. Les autres jours, je faisais mes exercices moi-même, tels qu'il me les avait enseignés : en étirant le cou, menton baissé, en allant voir de côté derrière la tête car le mouvement de l'œil entraîne le mouvement du muscle, puis comme si quelqu'un me tirait l'oreille, lever un bras puis l'autre, m'élever sur la pointe des pieds, m'assouplir sur mes jambes, faire plutôt les exercices assis plusieurs fois par jour à petites doses que debout une longue séance épuisante. Il était encore question que David me prête une bicyclette d'appartement qu'il avait héritée d'un oncle, mais depuis plusieurs mois qu'il en était question ni Gérard ni Richard, les amis à voitures, n'avaient pu la transporter, et l'idée de pouvoir me servir de cet instrument devenait de jour en jour plus problématique, puisque l'usage même de mes jambes, de mes cuisses et de mes fesses pour me relever d'un siège devenait plus incertain. Ce corps décharné que le masseur malaxait brutalement pour lui redonner de la vie, et qu'il laissait pantelant, chaud, fourmillant, comme exulté par son travail, je le retrouvais chaque matin en panoramique auschwitzien dans le grand miroir de la salle de bains que l'entrepreneur, comme par un fait exprès, alors que je n'avais toujours eu dans mes salles de bains que des miroirs de poche, y avait fait installer. Un immense miroir qui tapissait tout le mur au-dessus du lavabo, avec une rampe de trois spots de lumière plombante, qui creusait bien chaque os en cours de nettoyage. Il n'y avait pas de jour où je ne découvrais une nouvelle ligne inquiétante, une nouvelle absence de chair sur la charpente, cela avait commencé par une ligne transversale sur les joues, selon certains reflets qui l'accusaient, et maintenant l'os semblait sortir hors de la peau, à fleur de peau comme de petites îles plates sur la mer. La peau refluait en arrière de l'os, il la poussait. Cette confrontation tous les matins avec ma nudité dans la glace était une expérience fondamentale, chaque jour renouvelée, je ne peux pas dire que sa perspective m'aidait à m'extraire de mon lit. Je ne peux pas dire non plus que j'avais de la pitié pour ce type, ça dépend des jours, parfois j'ai l'impression qu'il va s'en sortir puisque des gens sont bien revenus d'Auschwitz, d'autres fois il est clair qu'il est condamné, en route vers la tombe, inéluctablement.

En déposant le sac en plastique plein de DDI au pied de mon lit, et qui s'y trouvait encore quand je me suis éveillé, déniant la possibilité d'un rêve, Jules me chuchota hâtivement : « Tu me jures de ne jamais dire comment tu l'as obtenu, j'ai juré moi-même, ça vient d'un protocole à double aveugle sur les doses faibles ou fortes, il y en a pour trois semaines, les références sur les sachets ont été arrachées pour qu'on ne puisse pas faire de recoupements. » Nous avions dîné ensemble chez Anna, on l'avait appelé au téléphone, il avait longuement parlé, puis il m'avait dit en aparté : « Ça y est, je vais l'avoir, il faut que je passe le prendre au *Scorpio*, une boîte sur les grands boulevards. » Corinne nous avait raccompagnés en voiture, j'avais dit à Jules devant Corinne : « Si tu repasses, je ne fermerai pas le verrou. » Ensuite, dans la voiture, Corinne avait demandé à Jules si c'était de la drogue qu'il allait chercher au *Scorpio*, où elle l'avait accompagné. Mais Jules n'a pas fait l'aller-retour comme prévu, j'avais eu raison de ne pas laisser la lumière allumée et de m'endormir sans l'attendre. Il avait fait dans la boîte une rencontre, « avec une poule » me dit-il quelques jours plus tard en employant cette expression de nos grands-pères, c'est la raison pour laquelle il n'était repassé avec le sac qu'à quatre heures du matin. Le produit avait été mis pour dissimulation dans une boîte de vitamines en perfusion, dont le mode d'emploi très compliqué me laissa perplexe le lendemain matin au moment de prendre le premier sachet. Il y a quelque chose de bouleversant à prendre un nouveau médicament, après avoir arrêté de prendre l'ancien qui était censé surseoir à ma mort, et après en avoir entendu parler pendant un an, chaque fois de façon contradictoire, parfois comme une vraie manne parfois comme un fléau : d'abord que ça allait sauver les malades, puis qu'on s'apercevait que ça les tuait, puis qu'on ne connaissait pas les doses et que c'était la raison pour laquelle ça avait tué des malades, qu'ils étaient déjà trop abîmés lorsqu'ils avaient commencé à prendre le produit, et finalement qu'il représentait quand même un espoir. Cette période qui sépare la prise d'un médicament qu'on arrête pour en essayer un nouveau, les médecins l'appellent le « wash out ». Le malade ne doit plus rien prendre pendant un mois afin qu'on puisse observer précisément dans son sang l'effet d'interruption de l'ancien médicament, puis l'apparition du nouveau, avec son éventuel redressement, ou son échec. J'ai vécu on ne peut plus mal cette période d'élimination sans béquilles, au point que mes médecins m'ont forcé à prendre des antidépresseurs. Ils venaient de se concerter pour entreprendre la démarche administrative qui me permettrait d'obtenir le DDI. Le lendemain du jour où le docteur Chandi m'annonçait cette décision de me faire arrêter l'AZT pour prendre du DDI, le docteur Nacier qui rédige désormais une gazette consacrée à la maladie (voyez comme j'ai du mal de nouveau à prononcer le mot) m'envoyait le dernier numéro, dans lequel je trouvai ce gros titre : « 290 malades morts aux Etats-Unis à la suite de la prescription de DDI ». On précisait que six seulement étaient décédés d'un cancer du pancréas, les autres parce qu'ils étaient dans un stade trop avancé. Je rappelai le docteur Nacier pour lui dire : « Tu voulais apparemment que je sache à quoi m'en tenir, c'est fait. » Il me dit que l'article était déjà un peu vieux, ses données dépassées, et qu'on publierait dans un prochain numéro des chiffres plus optimistes sur le DDI : que le redressement était patent dans 40 % des cas. Quant aux malades qui étaient morts aux Etats-Unis, ils s'étaient administré sauvagement le produit, en l'achetant au marché noir, sans connaître les doses, et sans surveillance médicale. En déposant le sac en plastique plein de sachets de DDI au pied de mon lit, Jules me dit : « Il faut que tu commences à le prendre dès demain matin, je compte sur toi, dans l'état où tu es tu sais que c'est maintenant un banco, tu n'as plus le choix. » Le lendemain, j'attendis que le docteur Chandi ait fini ses consultations pour le mettre au courant, il me dit : « Mais comment s'est-il procuré ça ? » Je répondis : « Il m'a dit qu'il ne pouvait pas me le dire. — Mais vous êtes sûr que c'est du DDI ? »

ajouta-t-il. Il me demanda de surseoir à ces premières prises qu'exigeait Jules puisque les doses étaient incertaines et que, selon lui, la demande administrative était sur le point d'aboutir. C'était la première fois que je mentais au docteur Chandi, et il ne pouvait pas être dupe, il savait que je savais forcément, puisque c'était Jules qui me les avait procurées, d'où venaient ces doses de DDI, mais tel qu'en lui-même et toujours aussi discret il n'a pas essayé de me tirer les vers du nez. La vérité est que Jules a récupéré les doses d'un garçon qui a été incinéré hier. Quand Jules a conçu cette idée, parce qu'il me voyait de jour en jour plus affaibli et plus désespéré malgré l'antidépresseur, le garçon était dans le coma, il ne pouvait déjà plus prendre ces doses que son ami à lui avait obtenues au prix de mille démarches longues et compliquées. Le garçon est mort le samedi, et c'est dans la nuit du dimanche au lundi que Jules est allé au *Scorpio* se faire livrer ces doses, il ne les a pas payées comme aux Etats-Unis au marché noir, il a juste juré de ne pas parler, et m'a dit le lendemain qu'il me tuerait si j'écrivais un jour cette histoire, ce que j'ai entrepris justement avant-hier, grâce à l'illusion d'amélioration que semblait me procurer le médicament. Ainsi je tirais mes forces d'une substance qui était destinée à un mort. Je manipulais des sachets qu'il avait dû manipuler lui-même avant de délayer ces masses de poudre qui devenaient vite un breuvage infect, avec des grumeaux blancs amers. J'avais le même goût que lui dans la bouche, je reproduisais ses grimaces, et je finissais ses munitions. C'était parce qu'il était mort que je pouvais bénéficier de ce produit avec une semaine d'avance, un temps qui était devenu crucial par rapport à l'état où j'étais tombé — un laps de temps où le suicide devenait à chaque seconde plus évident, plus nécessaire. C'était sa mort qui me sauverait la vie. Je saurais en même temps une semaine plus tôt si le médicament aurait ou non sur moi l'effet espéré, puisque le docteur Nacier évaluait à quatre ou cinq jours le temps du redressement. S'il ne l'a pas, c'est donc la mort maintenant à très court terme. Cela fait aujourd'hui cinq jours que je prends le médicament du mort, avant-hier je me suis senti un peu mieux dès le matin et j'ai entrepris ce récit qui, même s'il est sinistre, me semblait avoir une certaine gaieté, sinon vivacité, qui tient à la dynamique de l'écriture, et à tout ce qu'elle peut avoir d'imprévu. Pas de livre sans structure inattendue dessinée par les aléas de l'écriture. Mais hier je suis retombé dans mon trou et je n'ai pas écrit une ligne. Je viens de mentir au docteur Nacier qui m'appelait pour avoir de mes nouvelles : officiellement j'attends toujours ce médicament, qu'on devrait me délivrer si tout va bien lundi matin, grâce aux pressions qui ont été exercées par piston du ministère de la Santé, et de ce milliardaire américain, qui a de l'entregent dans le monde de la médecine, et qui a promis de m'aider. J'ai menti à Gustave et à David, mes deux meilleurs amis, parce que Jules me l'a demandé, en leur cachant que je prends déjà le médicament depuis cinq jours, et maintenant je balance tout par écrit. Comme mon état d'abattement n'a pas beaucoup évolué depuis cinq jours, contrairement à ce que m'a encore prédit le docteur Nacier il y a quelques instants au téléphone, je n'ai guère à leur jouer la comédie. Je me sens toujours aussi mal, et je suis en attente de la délivrance de ce médicament, que je prends en réalité depuis cinq jours, sans sentir d'autre effet que la production de ce récit. J'ai commencé à poser des questions à Jules sur le mort dont il a subtilisé les doses. C'était un danseur. Jules me l'a dit hier soir dans la rue, en sortant du restaurant : « Il avait un corps splendide avec un cul insensé, et il n'en restait plus rien. » A l'instant où il prononçait ces mots, ce « rien » de chair qui restait tout de même au danseur, comme il m'en reste à moi un tout petit brin, était déjà pulvérisé en cendres. Devrait bientôt se profiler dans ce récit celui que Jules a voulu protéger par son silence et par le mien. Le mardi 22 mai 1990, après avoir déjeuné avec le docteur Chandi qui m'avait annoncé cette décision de me mettre sous DDI, j'interrompis le traitement d'AZT. Dans la précision du déroulement des démarches selon le docteur Chandi, je devais faire un bilan quinze jours plus tard afin de constater dans mon sang la disparition des séquelles de l'AZT, attendre encore quinze jours le résultat de l'antigène P24 qui mesure l'avancée du virus, à partir de là mon dossier serait envoyé au laboratoire Bristol-Myers, qui produisait le médicament, et qui devait décider en commission de sa délivrance ou de son refus. Toute la procédure durerait donc plus d'un mois et demi, ce qui me permettrait de partir pour Rome avec David en attendant la réponse. A Rome je me couchais tous les soirs à neuf heures, épuisé, tandis que David, qui avait fait la bringue toute la nuit, sillonnant la ville à l'arrière d'une moto conduite par un fringant jeune homme roux à la recherche des doses de poudre qu'ils snifferaient ensemble, rentrait sur la pointe des pieds à trois ou cinq heures du matin. Je le dérangeais à mon tour dans son sommeil quand je montais à l'étage prendre ma douche, sur le coup de huit heures. Il y avait un étrange décalage entre ma torpeur et les amusements de David, qui s'était raccroché à l'excitation et à l'envie de plaisir d'un jeune homme de vingt ans. La situation s'était inversée depuis notre précédent séjour à Rome : je ne ressortais plus tous les soirs pour me rendre à *L'Incognito,* et David ne me dérangeait plus le matin pour sortir quand je faisais la grasse matinée. Mais je n'étais pas jaloux de cette vivacité que déployait David en regard de ma paralysie, elle la berçait, c'était une rumeur de jeunesse, faible et jolie, nostalgique, dont l'écho ne déclenchait en moi, heureusement, aucune amertume. J'étais heureux que David s'amuse comme un petit fou, cela rachetait un peu l'engourdissement que je faisais flotter dans cet appartement à longueur de siestes. Il est de fait, cela mon médecin me l'a un peu caché, que je n'ai pas tant arrêté l'AZT pour pouvoir prendre du DDI, que parce que je ne le tolérais plus. A l'occasion d'analyses faites en urgence le vendredi 25 mai à la suite d'une intoxication alimentaire, on découvrit que je n'avais plus que 1 700 globules blancs. Le docteur Chandi me dit : « Avec un taux aussi bas de leucocytes, vous pourriez mourir à cause d'une sardine pourrie, plus aucun barrage, plus aucune protection, et le poison s'est infiltré partout dans votre corps », il me prescrivit des antibiotiques pour enrayer l'infection, j'avais près de 40 de fièvre. La dernière fois que j'avais fait un bilan à l'hôpital Rothschild, en profitant pour prendre mes doses d'AZT, Mlle Dumouchel, responsable des protocoles de délivrance des antiviraux disponibles, avait déjà attiré mon attention sur cette baisse inquiétante des globules blancs. Elle avait dit qu'il fallait la surveiller de près, et revenir dès la semaine suivante pour un contrôle, mais je ne l'avais pas fait, j'avais feint d'oublier, et laissé courir. Le jeudi 31 mai, le docteur Chandi me proposa de prendre mon petit déjeuner avec lui au *Sélect*, trop débordé pour déjeuner. Je l'avais inquiété au téléphone, il voulait que nous parlions ensemble en dehors de son cabinet. Au cours de cette entrevue il me réclama deux choses que je refusai toutes deux : 1) de prendre des antidépresseurs ; 2) de faire un scanner cérébral. Il éclata de rire, il n'y avait rien d'autre à faire, quand je lui annonçai mon refus de l'une ou l'autre de ces choses. Mais le même soir je dînai chez mon ami Hedi, qui est psychiatre, qui m'a trouvé dans un état lamentable, et ne m'a pas laissé repartir avant que je lui aie fait la promesse de prendre ce médicament dont il venait de rédiger l'ordonnance, du Prozac, une gélule le soir au coucher, c'était un nouvel antidépresseur qui avait très peu d'effets secondaires, comme la bouche sèche dit-il, ou l'accoutumance. Hedi disait que j'étais en train de faire une très grave anorexie, qui m'empêchait de déglutir, et menaçait de m'étouffer à chaque bouchée. Je me laissais mourir et ce n'était pas le moment. Le docteur Nacier avait une autre théorie : que j'avais été blessé au cours de l'endoscopie, quand j'avais arraché le tuyau de ma gorge qui me faisait suffoquer. Et le docteur Chandi restait perplexe lorsqu'il me voyait grimacer à la moindre déglutition, il détournait les yeux, parfois il disait juste : « Mon pauvre... » Je rechignai beaucoup à prendre l'antidépresseur. J'avais toujours entendu dire Téo que c'étaient eux qui donnaient aux déprimés l'énergie de se supprimer, je me souciais de l'issue, il me restait encore des réflexes de protection. Je consultai mon pharmacien, et Jules et David et Gustave qui tous insistèrent pour que je prenne ce médicament. Pendant trois jours il ne fit absolument aucun effet, mais dans la nuit du troisième au quatrième je fus saisi d'une angoisse atroce, qui se prolongea sur le matin, et que je soulageai, suivant le conseil du docteur Chandi appelé à son domicile, avec du Lexomil. Il semblait que le médicament m'avait poussé au terme de mon désespoir pour me permettre de réémerger un peu. Je sentis une amélioration dans la soirée, en allant dîner avec David et ses amis. Je n'étais pas euphorique, non, mais la touche du désespoir absolu était un peu gommée, il restait présent pardessous mais il ne vibrait plus de façon intolérable. Ce fut un grand soulagement, cette suspension de la souffrance morale. J'emportai à Rome mes munitions de Prozac à défaut de DDI, et je me remis à lire, et je me remis à écrire. Il était clair que je ne pouvais pas écrire sans admirer une écriture (Yasushi Inoué, Walter de la Mare...). Le docteur Chandi était revenu à la charge, juste avant mon départ, pour que je fasse ce scanner cérébral, il avait pris pour moi un rendez-vous aux Quinze-Vingts, à huit heures trente du matin le samedi 9 juin.

Jules m'a proposé l'autre soir, cette fois où nous sortions du restaurant, après m'avoir dit qu'il ne restait plus rien du corps du danseur, de photographier mon squelette. Il y avait quelque chose d'un peu timide, d'un peu hésitant dans sa demande, comme quelqu'un qui prend des gants pour emprunter de l'argent. Il a même prononcé si bas cette proposition qu'il aurait ensuite pu prétendre ne l'avoir jamais faite, et que c'était moi qui avais des idées saugrenues, des lubies sonores. Il y a eu chez moi un moment de flottement, j'ai été énormément étonné, voire choqué par sa proposition, alors que j'aurais pu la lui faire moi-même quelques semaines plus tôt : lui demander de photographier mon corps décharné. J'avais même pensé le proposer au peintre Barcelo, que je venais de rencontrer et auquel je rendais parfois visite dans son atelier, et j'avais eu l'idée de lui suggérer comme titre pour la série : « Nu malade du sida ». De la même façon, il avait été convenu entre le metteur en scène et moi, pour ce spectacle qui devait se faire à Avignon, mais cela Jules l'ignorait, que j'apparaîtrais nu au dernier tableau. Et Hector avait bien saisi le sens de cette prestation, d'aller au bout d'un dévoilement, mais la démarche n'était-elle pas stupide, puisqu'il l'avait immédiatement contestée : « On va dire, avait-il dit, que vous vous exhibez. » J'avais retrouvé des textes, écrits quand j'avais vingt ans, qui décrivaient déjà ce spectacle, cette maladie et cette nudité. Mais là, saisi par la proposition de Jules, je n'en comprenais pas le sens : que voulait-il dire par squelette ? Photographier mon cadavre, ou alors photographier mon squelette vivant ? En avait-il envie lui-même, ou était-ce un moyen de me soulager d'une hantise, un exorcisme de cette maigreur désespérante ? De fait Jules voulait me photographier nu et vivant. Mon rapport avec mon corps avait dû changer depuis que j'avais eu l'idée de le sacrifier au peintre et sur la scène du théâtre : il y aurait eu un défi, une tentative de courage et de dignité dans la limite la plus extrême, maintenant il n'y avait plus que de la pitié, une très grande compassion pour ce corps ruiné, qu'il fallait préserver des regards. Ce n'était pas trop tôt.

J'ai commencé à maigrir l'été dernier, il y a à peu près un an. Je pesais soixante-dix kilos, j'en pèse cinquante-deux aujourd'hui, je viens de lire dans le journal qu'une rock-star brésilienne morte du sida n'en pesait plus que trente-huit. Cela faisait des mois que je refusais de me peser, le docteur du bout du pied mettait en marche sa balance, et je lui disais : « Non. » Nous en étions alors à cinquante-huit kilos. Est arrivé un moment de la maladie, après avoir guetté pendant deux ans mes variations de poids et de T4, où je n'ai plus voulu savoir à quel point de dégradation j'en suis. Je ne réclame plus les chiffres de mes analyses, ils sont sous mes yeux à l'envers entre les mains du médecin, je ne cherche même pas à les lire. A quoi bon savoir si j'ai six, soixante ou moins soixante T4 ? Quand mes analyses m'en donnaient entre cinq cents et deux cents, leur baisse ou leur redressement était la question cruciale, nous avons été suspendus pendant deux ans avec le docteur Chandi à ces fluctuations, c'étaient elles qui rythmaient nos relations d'espoirs et d'inquiétudes. Arrive un stade de la maladie où l'on n'a plus prise sur elle, où il serait vain de croire qu'on peut en maîtriser les mouvements. Nous sommes entrés dans la zone de l'incontrôlable. Je fais un looping en chute libre sur la main du destin, il serait absurde de gâcher cette dégringolade à chercher ses lunettes pour essayer de déchiffrer les lignes de cette main-parachute. En deux ans mon rapport avec le docteur Chandi est devenu si intense, et si intime malgré le peu de familiarité que nous nous manifestons, il s'identifie je crois tellement à moi et aux souffrances que je peux endurer, qu'il ne me demande plus certaines choses qu'il sait m'être pénibles, ou que je ne les lui accorde plus lorsqu'il me les réclame quand même. Je refuse de voir apparaître sur le petit rectangle sombre de la machine à peser ces chiffres rouges en pointillés qui indiquent un poids toujours plus bas. Je refuse les endoscopies : fibroscopie, coloscopie, lavage alvéo-laire, tuyaux dans la gorge, dans le cul, dans les poumons, j'ai déjà donné. Il y a comme du mou ou du lest dans ce rapport de forces du médecin et du malade, et c'est dans ce relâchement de puissance de l'un sur l'autre et d'efficacité que se glisse le plus d'humanité. En même temps nous en sommes à un point où il n'est presque plus apte à être mon médecin, ni moi son patient, nous avons dépassé nos capacités, et sans trahison j'aurais besoin d'autres médecins, d'une brutalité et d'une dépersonnification de cette relation. Quand Claudette Dumouchel, le médecin qui m'a examiné lundi matin à l'hôpital avant la déli-vrance de DDI, m'a demandé de me peser, puis de m'étendre torse nu sur la table, j'ai hésité à opposer un refus, et puis j'ai eu comme du plaisir, un plaisir déchirant, à m'abandonner. Je n'avais pas prévu cet examen, le matin en m'habillant j'avais seulement choisi une chemise dont le déboutonnage ne m'obligerait pas à des gesticulations avant la prise de sang. Et je me retrouvai en slip rose et en socquettes roses, par la faute d'une chemise rouge indien qui avait déteint dans la machine à laver, entre les mains d'une jeune femme plus jeune que moi, dans un bureau en sous-sol glacé et sans fenêtre, rétamé, sans résistance. Au premier abord, Claudette Dumouchel est une personne très revêche. Son nom un peu vieillot m'a fait penser qu'elle pourrait être une héroïne de roman. Et lundi matin, en attendant l'autobus à la sortie de l'hôpital, avec mon sac Eram plein de DDI officiellement délivré, j'ai pensé qu'il se pourrait que je tombe amoureux de cette jeune femme toujours mal disposée, de cette pimbêche qui n'a jamais un mot en trop ou en moins, qui ne met jamais rien de personnel dans l'examen et qui le clôt par un petit rire sarcastique que j'ai trouvé charmant, de cette râleuse aux cheveux ébouriffés gominés et aux chaussons plats de boxeur, championne de l'efficacité par la désensibilisation des rapports médecin-malade. Il est presque certain que cette Claudette Dumouchel est si sensible, et qu'elle voit tellement d'horreurs dans une journée, à commencer par mon propre corps qui se recroqueville misérablement pour se laisser chuter en bas de la table d'examen, elle le nez dans son dossier et faisant semblant de ne rien voir, qu'elle s'effondrerait en larmes à tout bout de champ si elle ne s'était pas blindée une fois pour toutes sur une touche d'insensibilité apparente. J'ai eu affaire à cette Claudette Dumouchel il y a un mois et demi, quand j'ai arrêté l'AZT et envoyé cette demande de DDI, et j'aurais pu aussi bien la haïr tant je sentais de désinvolture dans sa voix aux moments où je l'appelais, excédé par cette attente, à bout de forces physiques et morales. Elle m'envoyait promener, tout simplement, alors que de mon côté je tremblais d'angoisse : « Maintenant, monsieur Guibert, je constate que vous m'appelez toutes les quarante-huit heures, mais vous vous fatiguez pour rien, je vous ai déjà dit que je vous téléphonerai dès que j'aurai une réponse vous concernant. » Elle ne se souciait même pas de savoir que le numéro qu'elle avait n'était plus le bon, et qu'elle ne pourrait justement pas me joindre au moment adéquat. J'ai failli vraiment mourir d'abattement et de désespoir au cours de cette attente d'un mois et demi. Je serais mort sans l'antidépresseur, je serais mort si Jules ne m'avait pas déposé à quatre heures du matin les munitions de DDI du danseur qui venait de mourir. Le vendredi 29 juin dans l'après-midi, un coup de téléphone de Claudette Dumouchel, que j'avais cru salvateur, m'a mené au comble du désespoir. Je devais dîner le soir avec Vincent, et je n'étais plus capable de rien, ni de supporter l'idée de le revoir alors qu'elle m'avait tellement fait plaisir, ni de l'attendre ni de ne pas l'attendre, il n'y avait plus qu'un geste dont j'étais capable : préparer et avaler les gouttes de Digitaline qui provoqueraient un arrêt du cœur. Claudette Dumouchel m'avait dit : « Je ne vous donnais pas de nouvelles pour ne pas vous inquiéter, je sentais que ça coinçait quelque part, votre demande a été refusée, nous avons fait le tour de tous les centres à Paris qui délivrent du DDI, mais les quotas sont dépassés, et les listes d'attente sont bondées, j'avais essayé de vous faire entrer dans un protocole ouvert, il va falloir tenter un autre protocole, en double aveugle sur les doses, doses fortes ou doses faibles, la demande va encore prendre quinze jours, mais du coup vos analyses d'il y a quinze jours sont périmées, il faudrait que vous alliez demain matin en faire d'autres, dans le privé pour que ça aille plus vite, si possible rue du Chemin-Vert, parce qu'ils ont l'habitude, et ils me gardent les tubes de sang. » Je fis un effort pour ne pas sangloter. Cela voulait dire me lever aux aurores pour me faire prendre à l'autre bout de Paris quinze tubes de sang, et me replonger dans une nouvelle attente pleine d'incertitude, je n'en avais plus la force. Je me relevai de mon fauteuil rouge pour aller prendre du Lexomil. Le docteur Chandi m'appela sur ces entrefaites : il se proposait gentiment de passer me déposer l'ordonnance pour la prise de sang, je lui répondis que ce n'était pas la peine, que le lendemain j'aurais peut-être une optique différente, mais que pour le moment je me sentais trop découragé pour entreprendre quoi que ce soit. Il m'a dit d'une voix terne, et contrite : « Je vous comprends. » A partir de là, de ce niveau de désespoir, mes amis inquiétés se sont mis à courir plusieurs lièvres à la fois. Le docteur Nacier, depuis l'île d'Elbe où il était en vacances et d'où il m'appelait tous les jours à heure fixe, lança une démarche qui visait directement le ministre de la Santé. Jules reprit sa piste du danseur tombé dans le coma. Anna chercha à joindre dans son château de Lugano le milliardaire américain pour le mettre au pied du mur.

Anna, une semaine plus tôt, m'avait appelé tout excitée : elle avait dîné par hasard, la veille au soir, en compagnie de l'apoderado Simon, avec un milliardaire américain qui s'était entiché, depuis qu'il l'avait vu toréer à Ronda, du jeune novillero qui grimpait, Rezouline, qui avait la particularité d'être mince, grand et racé, alors que son rival, l'autre novillero à la mode, Chamaco, était une petite brute, râblé et bas sur pattes, le nez aplati, sauvage et suicidaire dans sa façon d'esquiver les monstres. Au contraire de cela, Rezouline exerçait un art classique un peu hautain, sans bavures. Il était marqué à la joue d'une blessure de corne qui s'était infectée et dont on voyait mal au premier coup d'œil si elle n'était une tache de vin, comme un trou noir dans ce beau visage parfait. Rezouline, qui avait quinze ans, ne se déplaçait jamais sans son père, un vieil homme boiteux tout biscornu, ni sans son imprésario qui, lui, portait des béquilles. Cet apoderado avait ramé toute sa vie à essayer de lancer des novilleros, qui s'étaient tous révélés des casseroles, aucun grand torero n'était sorti du lot de

38

ses centaines de poulains, et voilà que Rezouline avait du succès, il ne voulait pas rater une si belle occasion de connaître enfin l'excitation de la gloire. Mais il était très mal en point, son médecin lui avait dit : « Si vous continuez comme ça à suivre Rezouline dans ses tournées, les béquilles ne suffiront plus, il faudra aussi vous couper une jambe dans un premier temps. » La première jambe venait d'être coupée. La cuadrilla de Rezouline procurait un effet saisissant de monstres rampants autour du bel adolescent innocent. Après chaque corrida, le novillero notait dans un cahier d'écolier les noms des taureaux qu'il avait tués. Le milliardaire américain le suivait sans relâche depuis qu'il avait été ébloui par sa grâce à Ronda. Il lui envoyait ses limousines, ses chauffeurs, ses avions privés pour le transporter de Pampelune à Beaucaire, de Nîmes à Madrid, de Mexico à Séville. Il lui avait offert un Picasso pour son anniversaire, mais Rezouline aurait plutôt rêvé d'une Mercedes, l'imprésario tenta de troquer le Picasso, qui en valait dix, contre une de ces voitures. « Qu'est-ce que je pourrais bien offrir maintenant à Rezouline, se lamenta le milliardaire américain au cours du dîner, depuis que je lui ai offert cette petite *Vierge* de Rouault, qui n'a pas eu l'air de l'enchanter d'ailleurs, je suis à court d'idées. Rezouline m'a réclamé une entrevue avec le pape pour Noël, je la lui obtiendrai, mais Noël est encore trop loin. » Mon nom, me racontait Anna, était tombé sur le tapis au cours du dîner. « Vous le connaissez ? avait-il demandé. Je n'ai pas encore lu son livre. J'étais en

Amérique quand il est passé à la télévision, je me suis fait faire la cassette. Je l'ai déjà souvent regardée... Comment va-t-il maintenant ? Dites à ce garçon que je suis prêt à faire pour lui tout ce qu'il me sera possible de faire, j'ai les meilleures relations avec les milieux de la santé aux Etats-Unis, j'ai travaillé pendant dix ans au gouvernement... » Le milliardaire américain proposait un marché : il voulait que je voie toréer Rezouline, pour cela il m'enverrait quand je le souhaiterais un chauffeur avec une limousine qui me conduirait à un de ses avions, qui m'emmènerait, soit à Beaucaire, soit à Madrid selon les dates qui me conviendraient le mieux, pour être ébloui à mon tour par la grâce du novillero. Etant incapable de la célébrer lui-même, il m'avait élu pour laisser cette trace par écrit de son amour. En échange, il me fournirait tous les médicaments dont j'aurais besoin. Anna m'avait laissé le numéro de téléphone du milliardaire américain dans son château de Lugano, mais je ne l'avais pas appelé. Tous les après-midi, le milliardaire américain, qui devait s'y ennuyer énormément, avait rappelé Anna pour lui dire, avec tristesse : « Aujourd'hui non plus, M. Guibert ne m'a pas téléphoné. » Anna m'avait décrit le milliardaire américain comme un petit homme replet, aux gestes excessifs, avec quelque chose sur le crâne qui ressemblait à une perruque grise mais n'en était même pas une. Au téléphone, finalement, j'entendis une voix affable, posée, vraiment délicate et attentionnée, cet homme voulait visiblement mettre son projet en œuvre, et m'aider, de quelque façon que ce soit. Il me dit, au cours de cette première conversation : « Je vais tout de suite joindre ma tante Micheline, qui est médecin-conseil à la Sécurité sociale. » Il y avait pour moi un grand écart d'imagination entre le sacro-saint de la santé américaine, et cette tante Micheline, médecin-conseil à la Sécurité sociale.

L'attitude de Jules, en quelques secondes, avait changé du tout au tout à mon égard. Auparavant il prétendait que je n'étais pas malade, que je n'avais développé aucune infection et que je n'en développerais peut-être jamais, et que de toute façon je m'étais toujours plaint de quelque chose avant même d'être malade, il me décrivait comme le geignard type, le couche-tôt, le rabat-joie qui veut enfermer ses amis dans leurs chambres pour les empêcher d'aller s'amuser sans lui. D'une semaine à l'autre Jules s'était inquiété de mon état de santé : il palpait mon corps à travers mes vêtements pour évaluer ma maigreur, il me voyait grimacer pour me relever de mon fauteuil, et il se mit à décrier ma façon de continuer à vivre. Je ne pouvais plus avoir des rendez-vous dans la journée, spécialement avec cette productrice de télévision dont il estimait la proposition avilissante, et je ne pouvais plus prendre d'autobus, c'était trop fatigant, je devais prendre des taxis. Si je venais dîner chez lui, il me grondait parce que j'y étais venu à pied, en transportant deux bouteilles de vin, trop lourdes pour moi selon lui. J'aimais cette attitude nouvelle de Jules vis-à-vis de moi, j'aurais pu dire que depuis quinze ans que je le connaissais je n'avais toujours attendu que ça, et que j'étais arrivé à mes fins. Je n'avais plus aucun rapport physique avec lui, c'était devenu pénible, douloureux, aussi problématique que de courir deux mètres pour attraper un autobus, ça me faisait mal, Jules s'était pourtant acharné à laisser cette relation en vie, érotiquement j'étais comme dans un coma dépassé, il faisait de la réanimation. J'avais été content que Jules coupe sa queue de cheval. Il s'était servi de cette queue de cheval, en fait, comme barrage aux attirances qu'il pouvait susciter, terrorisé à l'idée d'avoir des rapports sexuels. Ce rajeunissement le rendait de nouveau désirable, et à l'époque où moi je cessai d'avoir tout rapport sexuel avec quiconque, lui se remit à en avoir comme par le passé avec des garçons rencontrés dans des boîtes ou des clubs de gymnastique. J'étais heureux de savoir que Jules avait ces aventures, ce n'était pas une façon de les vivre par procuration, j'étais simplement heureux que celui que j'aime retrouve, même sans moi, le plaisir que je ne pouvais plus lui accorder, Jules s'en retrouvait rééquilibré dans tout son être, et du coup j'avais l'impression qu'il me prodiguait davantage d'amour, car l'efficacité de nos relations physiques ne réglait plus tout comme auparavant, parfois au détriment de tendresses plus intenses, comme celles dont j'avais l'impression qu'il me faisait bénéficier depuis qu'il s'était résolu, après avoir tant lutté contre elle, à l'évidence de ma maladie.

A moi aussi il m'arrivait d'oublier complètement que j'étais malade, et si un ami prononçait ce mot à ce sujet, je le trouvais abusif, et j'en étais presque choqué, alors que je n'oubliais pas que des journaux, à la suite d' « Apostrophes », avaient parlé de moi comme d'un mourant, un journaliste du *Canard enchaîné* avait écrit à mon sujet : « ce mourant ». On me disait mourant quand je me sentais bien, et quand je me sentais à l'article de la mort on me disait : « Vous ne trouvez pas que vous exagérez un tout petit peu ? »

Régulièrement, une interne maladroite, qui m'examinait à l'hôpital où j'étais pris en urgence à cause d'une fébricule, me demandait : « Mais vous n'êtes pas seul chez vous la nuit ? » Telle amie revenait à la charge : « Tu es sûr que tu n'as pas besoin de quelqu'un chez toi ? » J'ai toujours vécu seul, je n'ai jamais réussi à dormir avec quiconque sans gêner nos sommeils. Il ne me viendrait pas à l'idée de faire partager à la personne que j'aime le cauchemar de certaines nuits, au pis je peux toujours lui téléphoner. Mais ces inquiétudes énoncées par des médecins ou par des connaissances qui ne me connaissent pas si bien que ça finissent par m'inquiéter. Le pire qui pourrait m'arriver pour l'instant serait de tomber de mon lit une nuit en me levant pour aller faire pipi, je n'arriverais pas à me relever tout seul, j'essaierais mais il y a de fortes probabilités que je n'y parvienne pas, je me dis que je n'aurais qu'à ramper ou à marcher à quatre pattes jusqu'au téléphone, pour appeler Jules, qui débranche son téléphone toutes les nuits. De même, on me serine que je suis fou d'aller seul à l'hôpital pour me faire faire ces prises de sang et tous ces examens insupportables, les tuyaux dans l'estomac et dans les poumons, alors que chacun y va avec son ami ou avec sa mère. On me dit que je devrais y aller avec Jules, mais moi je n'ai pas envie de faire connaître ça à Jules, je lui cache les horreurs que je vois et en même temps j'ai besoin de les lui raconter, ce qui est peut-être pis pour lui. Hier soir, à bout de forces après cinq heures passées à l'hôpital, copieusement saigné, trimballé en ambulance d'un hôpital à l'autre pour endurer tel examen, attendant deux heures un scanner avec des maux de tête atroces que je ne pouvais soulager d'aucune façon tout comme ma soif dans cette pièce surchauffée alors qu'on m'avait dit qu'on me prendrait en priorité à cause de mon état, puis revenant aux urgences de Rothschild pour revoir Claudette Dumouchel, qui m'a fait faire d'office une radio des poumons et des sinus et m'a dressé pour ce matin une ordonnance pour une prise de sang d'une dizaine de tubes que j'ai séchée, préférant finalement dormir avec le téléphone décroché, j'ai eu envie de raconter à Jules, qui est venu me chercher à neuf heures aux urgences, une scène à laquelle j'ai assisté, et qui m'avait paru particulièrement atroce. Mais j'ai compris que Jules, hier soir, ne se sentait pas de l'entendre, et du coup je n'ai pu raconter à personne cette scène atroce pour me délivrer de son image. N'est-ce pas justement ici que je dois le faire, que je peux le faire ? L'avant-dernière fois que j'étais allé à Rothschild, pour prendre provision des premières

46

doses de DDI, un homme sorti prendre l'air en compagnie d'un autre sur la rampe, devant le service, laissa entendre sur mon passage : « Allez, un petit sourire au grand écrivain ! » Cet homme émacié, sans doute pas plus que moi, avec des lunettes et une petite sacoche à la main, m'aborda par la suite pour me parler de connaissances communes. Je revis cet homme affable hier, nous étions tous les deux seuls dans le service, mais moi je me sentais au plus mal, j'avais ces maux de tête terribles, de la fièvre, j'avais vomi mes médicaments le matin, j'attendais les ambulanciers qui sont arrivés avec une civière, et je n'étais bien sûr pas très sociable. L'homme aux lunettes et à la petite sacoche m'a dit : « J'aimerais vous présenter l'ami avec lequel je suis venu, dont le livre de chevet a longtemps été *Des aveugles*. » En repassant un peu plus tard par la salle d'attente, je vis l'ami en question, endormi et gémissant, visiblement épuisé. Il me semble que j'avais déjà vu ce garçon, le matin où j'avais fait le lavage alvéolaire. Nous étions trois à attendre l'examen, assis en rang d'oignon près de cette porte derrière laquelle il se faisait, essayant de comprendre les allées et venues, guettant les bruits qui nous parvenaient et cherchant à apercevoir dès que cette porte s'entrouvrait une partie de l'appareillage qui allait nous torturer : un très jeune Noir qui toussait beaucoup, un homme très atteint dans une chaise roulante sous perfusion de Bactrim, et ce mince jeune homme blond nerveux, si c'était bien lui. Quand l'enfant noir est revenu s'asseoir entre nous après avoir subi l'examen, le jeune homme blond lui a demandé : « Ça fait mal ? — Oui », a seulement répondu l'enfant noir, en baissant la tête. Alors, parce qu'on faisait entrer le suivant, l'homme sous perfusion, j'ai vu le jeune homme se jeter sur sa chaise roulante et le conduire lui-même dans la salle où l'on pratique l'examen, j'ai entendu l'infirmière dire : « Alors, vous vous entraidez ? » Mais, contrairement à ce qu'on aurait pu croire, le jeune homme blond et l'homme en fauteuil ne s'étaient jamais adressé la parole. J'ai compris par la suite que le jeune homme s'était jeté sur cette chaise roulante, au mépris de son occupant, uniquement pour pouvoir faire un premier repérage dans cette pièce où il redoutait d'entrer à son tour. Une peur terrible se lisait sur son visage. Quand ce fut son tour, j'entendis une conversation houleuse derrière la porte, et la jeune femme médecin qui disait : « Je ne peux ni ne veux vous forcer à rien, mais si vous changez d'avis vous serez le bienvenu », tandis que le jeune homme s'enfuyait. J'ai posé par la suite à la femme médecin des questions sur le jeune homme, je lui demandai s'il avait subi l'anesthésie avant de renoncer à l'examen, ou s'il l'avait interrompu en cours. Non, il ne s'était même pas laissé anesthésier, il avait tout de suite pris peur à la première explication. Cette défection du jeune homme me donna un courage étrange pour subir ce à quoi il venait d'échapper. La femme médecin me dit : « Dix pour cent des gens ne supportent pas l'examen et arrachent le tuyau, surtout des vieilles personnes. » Et voilà que je retrouvais ce jeune homme

blond, à moins que je n'aie confondu deux physiono-
mies très proches, endormi sur son coude, ployé en
travers sur les fauteuils défoncés, le corps cassé en
deux, qui maintenant criait, il hurlait qu'il n'en
pouvait plus, qu'il était trop fatigué, qu'il voulait
rentrer à la maison, qu'on appelle un taxi le plus vite
possible. J'évitais de croiser son regard. C'était donc le
jeune homme dont le livre de chevet était resté
longtemps *Des aveugles*. Mais au moment même où
j'allais passer dans la salle voisine pour lui échapper,
il ouvrit les yeux, son regard m'attrapa de plein fouet, et
il y avait une haine terrible dans ce regard. J'ai pensé
qu'un certain état d'épuisement empêchait toute
notion d'admiration, toute fidélité, tout souvenir, tout
lien entre les événements de sa vie, qu'il n'y avait plus
dans ce corps squelettique qu'un hurlement ininterrompu.

Ma fièvre était tombée toute seule dans la nuit, sans le secours des antibiotiques que m'avait prescrits Claudette Dumouchel, et que je n'avais pas pris. Au réveil je n'avais plus que 37° et un peu plus tard dans la journée, après avoir galéré à Clamart pour rencontrer le grand professeur Stifer, je n'avais toujours que 37°2. Je me demandai si je n'avais pas mis en route ce processus de fièvre uniquement pour pouvoir revoir Claudette Dumouchel, qui a pourtant tout fait pour m'éviter et me passer à d'autres mains. Je l'avais appelée le matin avant ma poussée de fièvre, et elle m'avait envoyé promener, j'avais bien compris qu'il n'y avait rien à faire et que je ne pourrais pas la voir ce jour-là. Quand les ambulanciers m'ont ramené aux urgences de Rothschild à neuf heures du soir avec les résultats du scanner, j'ai senti comme une victoire au moment où j'ai vu Claudette Dumouchel sortir d'une porte, en blouse blanche, son stéthoscope accroché je ne sais comment autour du cou, à l'instant même où je la réclamais par son nom à l'infirmière de garde. Mais Claudette Dumouchel a fait semblant de ne pas avoir entendu son nom, comme elle a fait semblant de ne pas percevoir ma présence dans ce hall des urgences où il n'y avait qu'un petit Noir casse-pied qui essayait de fourguer à tout le monde une boîte de Coca-Cola que personne n'a voulu accepter, ni les ambulanciers ni aucun infirmier, lui ne pouvant pas le boire disait-il parce que c'est trop pétillant. Je suis resté après très loin de Claudette Dumouchel, assis à l'écart le plus loin possible d'elle, tandis qu'elle ouvrait l'enveloppe avec les clichés du scanner, dont je connaissais déjà les résultats rassurants puisque le manipulateur m'avait annoncé qu'on ne décelait aucune lésion toxoplasmique. Mais je n'avais pas eu droit à avoir accès à ces résultats, on les avait remis en main propre aux ambulanciers qui devaient les remettre au médecin de garde. Et au lieu de m'approcher de Claudette Dumouchel pour saisir au bord de ses yeux le sens de sa lecture, je faisais celui qui a assez de sang-froid pour attendre au loin qu'on l'appelle. Ce que ne tarda pas à faire Claudette Dumouchel, avec un petit geste de l'index assez familier. Elle m'annonça ce que je savais déjà, et j'étais fier de lui montrer cette indifférence à l'annonce du résultat réconfortant. Quand elle se pencha sur un téléscripteur pour décoller les étiquettes qui venaient d'être imprimées avec mon nom et mes références de dossier, je remarquai qu'elle avait des nu-pieds. C'était la saison, mais je la préférais avec ses chaussons plats de boxeur. On la demandait au téléphone, elle prit l'appareil en râlant : « Toujours parler, toujours parler, quand cela va-t-il s'arrêter ? » se demandait-elle, à elle-même. Mais c'était un coup de téléphone personnel, dont je ne manquai pas un mot, et qui sembla la mobiliser. Il y était question d'une transaction avec un notaire, à un moment elle dit : « De toute façon, c'est un rat. » J'étais satisfait qu'elle parle ainsi d'un autre homme que moi. Le petit Noir râlait qu'on le fasse attendre, Claudette Dumouchel lui rétorqua : « Moi aussi, monsieur Sabourin, j'attends, j'attends vos radios, je croyais qu'on était plus patient que ça en Guinée. » J'attendis que Jules passe me chercher avec Richard, assis sur un siège devant l'hôpital au bord de la rue, il y avait ces trois sièges étranges, de couleur rouge, qui semblaient suspendus dans une absence de fonction. Le petit Noir vint s'asseoir sur le troisième siège, laissant une place entre nous que j'avais redouté qu'il ne laisse pas, je me serais levé aussitôt pour lui échapper, je craignais qu'il n'essaie de m'offrir sa boîte de Coca-Cola. Il engagea la conversation : « Elle m'a jeté dehors, me dit-il, elle m'a dit d'aller prendre l'air, ou plutôt voir dehors si elle y était pendant qu'elle ferait mon ordonnance, sinon elle ne la ferait pas parce qu'elle ne supporte pas que je sois collé comme ça à elle. Au fond c'est une bonne fille, elle a l'air comme ça désagréable mais en vérité elle est très gentille, on a l'habitude l'un de l'autre, je passe souvent lui casser les pieds, chaque fois elle me dit qu'elle ne me prendra pas parce que je n'ai pas la sécurité sociale mais chaque fois elle me prend quand même. Vous savez, moi aussi j'ai été très malade, il y a dix ans, j'ai eu la tuberculose, on tousse, on est épuisé. Et puis ça va mieux, vous voyez. Vous attendez un taxi, ou vous attendez votre femme ? » Ces mots de rien du tout avaient pourtant pour moi un sens presque immédiat avant d'être décalqués dans ce récit.

J'ai été bouleversé, ce matin, par l'examen de Claudette. Me remettre entre les mains de cette jeune femme, de plus en plus gentille avec moi. Je l'ai observée à distance alors qu'elle raccompagnait le précédent patient. J'ai noté qu'elle avait aujourd'hui des chaussures d'été très élégantes, avec un dessin noir et blanc, et j'ai pensé que les chaussures qui m'avaient déplu l'autre soir aux urgences étaient davantage ce qu'on appelle des espadrilles que des nu-pieds. J'ai aussi remarqué que la chair de ses chevilles était plutôt rose, contrairement à son visage, qui est pâle; elle prendra ses vacances en septembre. Un pantalon léger, sans doute en lin, dépassait de la blouse, dénudant le bas des jambes. Je me suis demandé si Claudette avait de jolies jambes, ou des jambes un peu lourdes qu'elle cacherait par des pantalons, je ne l'ai encore jamais vue en jupe ou en robe. J'avais fait ma prise de sang ; je l'attendais dans un de ces fauteuils déchiquetés et trop bas d'où la plupart des malades ont du mal à se relever. L'homme à lunettes et à la petite sacoche rôdait encore, cette fois aussi il m'a demandé de lui accorder deux secondes et cette fois je les lui ai accordées, il m'a dit : « Mon ami va très mal, il est à l'hôpital de jour, il développe une pneumocystose, il a beaucoup maigri, si vous voulez vous pouvez aller jeter un œil l'air de rien. C'est un peu mon Vincent à moi, ce jeune toxico, et moi je suis un peu comme un père pour lui, je ne le quitte plus, je m'occupe de lui nuit et jour. » J'ai vu des gens dans un état terrible, ce matin à Rothschild. Vraiment de jeunes cadavres aux yeux de braise, comme sur des affiches de films d'horreur où des morts ressortent de leurs tombes et font quelques pas en vacillant. J'ai l'impression qu'ils sont en plus mauvais état que moi, mais peut-être que personne ne se voit lui-même tel qu'il est, peut-être qu'il subsiste un tel narcissisme fût-ce dans la personne la plus abîmée qu'elle n'est jamais capable que d'estimer les ravages de l'autre. Je me suis dit qu'on ne pourrait pas filmer ces cadavres ambulants comme j'y avais pensé un moment à cause de la proposition de la productrice de télé, que ce serait finalement un vrai scandale, un scandale inintéressant. Depuis que je vais à Rothschild, je vois une femme très belle, d'un certain âge, de type iranien, qui accompagne un jeune homme qui doit être son fils. D'abord je ne comprenais pas la présence de ce jeune homme avec sa mère dans ce service car il avait l'air en parfaite santé, mais en quelques mois je l'ai vu décliner de façon pas possible, des taches rouges et marron se sont imprimées au bout de son nez, il s'est décharné, il a perdu ses cheveux, ce matin il avait du mal à marcher et s'appuyait sur le comptoir pour rester debout. Sa mère garde le sourire, un fin sourire imperceptible sur son beau visage serein, qui me regarde, et qui a dû me voir décliner au fil des mois comme moi j'ai vu son fils s'étioler sous mes yeux. Claudette Dumouchel m'a emmené dans le sous-sol où elle a son petit cabinet, sale et bordélique, avec le ronronnement de l'aération. Quand elle y entre, le dossier de papier kraft sous le bras, elle arrache de la table d'examen le papier blanc qui a servi au précédent patient et tire sur le rouleau un nouveau bout de papier, sur lequel je me suis couché, en slip et en tee-shirt, pieds nus, ayant buté de la tête contre le haut de la table car les muscles de ma nuque ne me permettent toujours pas de m'allonger sans me cogner ou me laisser crouler sur l'oreiller. Je n'ai pas voulu me mettre torse nu. Claudette soulève mon tee-shirt et pose son stéthoscope sur ma poitrine, dans le trou. La première fois elle m'a demandé : « Qu'est-ce que c'est que ça ? » J'ai répondu : « Entonnoir thoracique. » Et elle : « De naissance ? — Oui. » Je n'en ai presque plus honte, c'est maintenant comme une caresse, je n'ai pas le choix. Claudette soulève l'élastique du slip pour palper mon ventre. On joue au médecin. On fait toute une série de tests. Le premier, quand j'étais assis tout habillé devant elle, de tendre les doigts écartés et de fermer les yeux. Maintenant elle prend mon gros orteil, et je dois dire si elle le positionne en arrière ou en avant, c'est-à-dire vers elle ou vers moi. J'ai les yeux fermés, elle bouge mon doigt de pied et moi je dis : « Vous. Moi. Vous. Vous. Moi. Moi. Vous. Moi. Vous.

Vous. Moi. » Je lui dis moi-vous, moi et vous, jusqu'à bout de souffle, jusqu'à en perdre haleine, j'ai l'impression d'une incantation, d'une déclaration forcée et camouflée. Je me demande quel âge peut avoir Claudette, si elle est plus jeune que moi ou pas, la dernière fois j'avais l'impression qu'elle était beaucoup plus jeune, oserai-je le lui demander ? Et puis, je suis fou, qu'est-ce qu'il y a à foutre d'un type qui a la mort dans ses couilles ? Et puis je suis déjà marié. Claudette parcourt mon corps avec le marteau, il y a du réflexe. Puis elle le dévisse pour avoir la pointe, et en zèbre mes voûtes plantaires d'un zigzag horripilant. Sadomasochisme. Claudette me prend d'une main par-derrière la nuque pour m'aider à m'asseoir sur la table. Dans mon dos elle soulève mon tee-shirt pour entendre mes poumons, je respire fort la bouche ouverte. Elle prend quelque chose dont elle déchire le papier, je crois que c'est l'abaisse-langue, je lui dis : « Non, pas l'abaisse-langue, je sais ouvrir tout seul. » Elle rit. Elle dit : « Non, ce n'est pas l'abaisse-langue, c'est autre chose, mais si vous voulez on va tout de suite regarder votre bouche. » Claudette inspecte ma gorge avec le stick lumineux, elle voit mes dents, elle voit mon palais, elle voit ma langue et le dessous de ma langue, elle voit ce qui a embrassé, et ce qui a été réjoui par des sexes d'hommes et de garçons. Ce qu'elle retirait, c'est une petite pointe avec laquelle elle va tantôt me piquer à peine ou plus profondément, tantôt me tapoter ou m'effleurer du bout du doigt. Je me suis recouché, je ferme les yeux. Des bras aux mains, des cuisses aux jambes et aux pieds, Claudette me pique, me touche, me tapote, me pique, de haut en bas et de chaque côté du corps. Je dois dire : « piqué-touché-touché-piqué », de plus en plus vite. Claudette dit : « Il y avait de petites imprécisions au niveau des jambes. » Elle va évaluer ma force musculaire, elle me prend la main, elle la serre dans sa paume fermée, c'est un peu ce que font les fiancés en promenade, et je dois essayer d'ouvrir mes doigts. Puis relever la main, « non pas le bras », dit-elle tandis qu'elle appuie fort dessus. Puis pousser sur sa main qui a saisi mon pied, je commence à comprendre, la première fois elle m'a dit : « Non pas comme ça, comme si vous appuyiez sur un accéléra-teur. » J'ai dit : « Je ne conduis pas. » Et elle : « Nous sommes deux. » Claudette me dit : « Vous avez un peu plus de force que la dernière fois, vous pouvez vous rhabiller. » Elle remplit mon dossier pour le protocole DDI, je feuillette mon agenda pour essayer de négocier un départ. Je dis à Claudette : « Je veux partir » et Claudette me répond : « Je ne vous laisserai pas partir. » Je n'ai rien d'autre à faire à Paris que voir Claudette, dont je suis le prisonnier qui aime l'être finalement. Je serais terriblement déçu si elle me donnait le feu vert, je me sentirais abandonné par elle. Sa tête est penchée sur le dossier, le bout de ses cheveux ébouriffés a des teintes un peu rousses. Elle me dit : « Vous avez trente-cinq ans, c'est ça ? » Le téléphone sonne. C'est le moment d'en profiter, le moment ou jamais, j'hésite, je me jette à l'eau, je demande : « Et vous ? — Vingt-huit ans. » Elle

enchaîne au téléphone, elle raccroche, elle répète :
« Vingt-huit », je dis : « J'avais entendu. » Je calcule
que j'ai sept ans de plus que Claudette, que j'en ai dix
de plus que Vincent, dix de moins que Téo, soixante de
moins que ma grand-tante Suzanne. L'examen est
terminé. On remonte au rez-de-chaussée, Claudette
me demande si je veux prendre l'ascenseur ou l'escalier, elle me dit : « C'est pour vous, moi ça m'est
égal. » Il faut attendre les résultats de la prise de sang
du matin, Claudette feuillette le dossier du jour, ils ne
sont pas encore arrivés, elle téléphone au laboratoire
pour les avoir, il faut encore attendre un quart d'heure
pour la numération. Claudette m'a fait une ordonnance pour la fibroscopie de jeudi avec une lettre de
recommandation. J'ai rencontré dans le couloir le
neurologue qui avait déchiffré les clichés cérébraux de
l'investigation par résonance magnétique, il me
réclame un électromyogramme, je demande à Claudette ce que c'est, elle dit : « On vous plante des
aiguilles dans les muscles et on envoie des décharges
électriques, ce n'est pas très douloureux. » Claudette
s'enferme avec le neurologue dans le bureau du
secrétariat pour rédiger l'ordonnance de l'électromyo-
gramme, que je devrai faire vendredi après-midi à
Saint-Antoine. Une femme arrive avec un toutou
blanc, une boîte de DDI pleine de sachets vides qu'elle
sort d'un sac en plastique, et un carton avec des
plantes exotiques. Elle parle avec Liliane, la blonde
bien coiffée qui est au guichet et que les malades
appellent tous Liliane et tutoient, Liliane a les larmes

aux yeux, je comprends qu'il s'agit de la fille de cette femme, qui est hospitalisée à domicile et sur laquelle on essaie le DDI, la dernière carte. Mais cette femme a l'air pleine d'énergie. Son chien a filé avec ses longs poils blancs dans la salle où l'on fait les prises de sang, elle crie pour le rattraper. L'homme à la sacoche continue de faire les cent pas, de plus en plus blême. Le professeur qui dirige le service traverse le hall en se dandinant comme un furet malicieux de dessin animé, une ordonnance à la main, suivi toujours d'un patient. La femme lui remet le carton avec les plantes exotiques ; le professeur, avec un petit rire gêné, demande : « Qu'est-ce qui vous a pris ? » Une fois que la femme est partie, il dit à Liliane : « Vous me mettez ça au secrétariat. » Claudette est repassée avec un autre patient. Liliane me conseille d'aller chercher moi-même le résultat de mes examens en hématologie, le bâtiment en face après la crèche, deuxième étage. En hématologie, ils me disent en me montrant des tubes de sang dans un boîtier : « Ce sont justement les vôtres et ils viennent juste d'arriver. » Il est midi passé, j'ai fait la prise de sang à neuf heures et demie, il faut encore attendre. Mais non, la numération a déjà été envoyée par fax à l'hôpital de jour, on me la redonne au cas où elle ne serait pas arrivée. Dans l'ascenseur je jette un œil sur la feuille, on dirait qu'il y a une très légère amélioration : 1 700 globules blancs au lieu des 1 500 de la semaine précédente. Liliane me conseille d'aller porter les analyses à Claudette dans son bureau, je le retrouve difficilement dans le dédale du sous-sol, j'hésite à frapper à la porte 7 ou 8. Je parle à Claudette à travers la porte 8, elle ne l'ouvre pas, elle est avec mon successeur, me crie qu'elle va tout de suite monter. Je l'attends une demi-heure. L'homme à la sacoche me donne un livre, qu'il me dédicace. Je revois passer son ami, ses yeux effarés pleins de haine, qui est sans doute autre chose. Claudette remonte avec son patient, elle examine mes analyses, son patient me jette un regard de jalousie. Il y a quelque chose que Claudette ne parvient pas à comprendre dans mes analyses. Elle ne comprend pas la semaine de DDI du danseur mort.

Je me sens beaucoup mieux depuis le vendredi 13 juillet. Ou plutôt je me sentais mieux depuis le vendredi 13, parce que là je suis de nouveau naze, écroulé dans mon fauteuil rouge, ça me déprime. Hier soir je n'arrivais pas à m'endormir tellement j'étais peu fatigué, et tellement mon livre fourmillait en moi. Me voilà de nouveau crevé d'un instant à l'autre, sabordé, terrassé par la fatigue. Hier j'avais envie de ce nouveau livre, et j'avais même envie du film, j'ai rappelé la productrice de télé pour lui dire que mon avocat continuait de travailler sur le contrat, mais que d'ores et déjà, sans engagement de ma part, je lui réclamais l'appareil en question pour l'essayer. Elle a éclaté de rire au téléphone : « Ce que vous pouvez être irrésistible, vous, avec votre peur de vous engager ! » Cette femme pète le feu, elle est en trop bonne santé. Hier je voulais profiter de la fibro de jeudi matin pour la filmer, un seul gros plan sur mon visage avec le tuyau qui rentre dans la gorge. Aujourd'hui cette idée m'écœure. Je suis soulagé que la productrice n'ait pas réussi à mettre la main sur la caméra qu'elle se fait prêter, par clause publicitaire. Je ressens de nouveau des crampes dans les jambes, qui annoncent peut-être la neuropathie qui m'empêcherait de continuer de prendre le DDI. Peut-être, chaque fois que je disais, par superstition : « Il ne faut pas crier victoire trop tôt ou vendre la peau de l'ours avant de l'avoir tué », en fait c'était déjà une façon de crier victoire trop tôt et de vendre ma peau d'ours. Hier soir j'ai eu un merveilleux dîner de retrouvailles à *La Coupole* avec Pierre et Suzanne, je leur ai annoncé le suicide de l'ami d'Eugène dont nous avions brûlé l'écharpe dans le poêle avec Gustave, comme deux fous, comme deux barbares, sans un mot de concertation. Mais, j'ai calculé, c'était le 31 décembre 1983 ou le 1er janvier 1984, et cet homme vilain physiquement, sans doute charmant puisque ami d'Eugène, aura tenu plus de six ans. Ma mort ne fera pas autre chose. Il ne faut pas dire du mal des morts, je ne me suis jamais gêné. Ma mère m'a pleurniché dans l'oreille ce matin, je l'ai rabrouée. Elle devait sentir ma mort venir, elle a craqué. Non, mes chers parents, vous ne récupérerez ni mon corps malade, ni mon cadavre, ni mon fric. Je ne viendrai pas mourir dans vos bras comme vous l'espérez en disant : « Papa — Maman — je vous aime. » Je vous aime certainement, mais vous m'énervez. Je veux crever tranquille, sans votre hystérie et sans la mienne, celle que vous déclenchez en moi. Vous apprendrez ma mort dans un journal.

Le vendredi 13, je me suis réveillé frais et dispos, ma fièvre étant mystérieusement tombée, sans les antibiotiques que je n'avais pas eu le temps d'acheter, au cours de la nuit. Mon épuisement m'avait abandonné, c'était spectaculaire. Le jour et la nuit, tout comme le jour et la nuit entre écrire ou ne pas écrire. Les siestes devenaient inutiles. J'avais l'impression de récupérer chaque jour un petit morceau de geste que j'avais perdu en quelques semaines : lever le bras pour allumer le plafonnier de la salle de bains, remonter dans l'autobus même en m'agrippant aux deux barres, avoir moins mal lors de coups de frein ou d'accélérateur. Mon sommeil redevenait voluptueux. Ce n'était plus un monde, un monde horrible, de se retourner dans son lit, ou de bouger le bras pour tirer sur le drap. Mon corps n'était plus un éléphant ligoté avec des trompes d'acier à la place des membres, ni une baleine échouée et saignée à blanc. J'étais de nouveau vivant. J'écrivais de nouveau. Je bandais de nouveau. Bientôt, peut-être, je baiserais de nouveau. Jusqu'à tout à l'heure, c'est-à-dire pendant quatre jours, j'ai vécu des jours bénis. J'ai pensé que même si je rechutais je ne devais pas les oublier. Un dîner avec Jules sans cette fatigue monstrueuse, la soirée avec Zouc qui s'est terminée à cinq heures du matin au bal des pompiers. Il y a les choses qui ont un sens au passé et les choses qui ont un sens au présent, même si elles coïncident à peu près dans le temps.

La première fibroscopie avait été un vrai cauchemar : l'abattage du cochon à la campagne. Hôpital Rothschild, service de gastro-entérologie du professeur Bihiou, salles de torture du rez-de-chaussée. Quand je repasse devant le bâtiment, je vois les emplacements réservés des voitures des docteurs de ce service du professeur Bihiou. La stalle du docteur Domer, qui était censé me faire cette endoscopie, est toujours vide. Si je la trouvais un jour occupée, je crèverais les pneus de sa voiture. Au guichet on vous regarde avec apitoiement quand vous venez pour une fibro, les secrétaires savent de quoi il retourne, derrière les portes elles ont entendu les hoquets, les cris de protestation, les crises d'étouffement, de larmes ou de nerfs, les vomissements, les déglutitions syncopées, les spasmes. Dans la salle d'attente, une jeune femme demande si ça fait mal. « Non, ce n'est pas douloureux, a-t-on coutume et l'ordre de répondre parmi les infirmières, mais c'est un peu désagréable. » Un peu, tu parles, c'est atrocement douloureux, oui, c'est insupportable, c'est le cauchemar, la violence de cet examen fait immédiatement surgir la nécessité du suicide. Je suis couché sur le dos, seul, on m'a fait retirer ma veste, « Détendez-vous, me dit une infirmière, ouvrez la bouche et tirez la langue, je vais vous mettre quelques gouttes de Valium, c'est mauvais au goût, c'est très amer vous allez voir, mais c'est ce qui est le plus désagréable dans l'examen, après, tout se passera bien, vous verrez, je reviens tout de suite. » Je ne sens pas mon angoisse partir. L'infirmière savonne dans un bac le gros tuyau noir qu'ils vont m'enfourner tout à l'heure dans la gorge. L'infirmière me met une sorte de grande bavette sous le menton et me dit de me tourner sur le côté. Aussitôt la porte s'ouvre, et le commando des égorgeurs entre en scène et se jette sur moi. L'infirmière me dit, en me tendant une poire avec un vaporisateur : « Je vous ai anesthésié avec ça, non ? » Je réponds : « Non. — Ah, j'ai oublié, ça ne fait rien, ouvrez la bouche, ouvrez bien. » Elle me vaporise quelques jets de Xylocaïne au fond de la gorge, et aussitôt un apprenti affolé, auquel le docteur Domer donne des ordres à distance, une grimace de dégoût sur le visage, me bourre la bouche avec ce gros tuyau noir et force le passage de la luette pour le pousser à l'intérieur. J'étouffe, je ne supporte pas ce tuyau dont on bourre ma trachée jusqu'à ce qu'il arrive dans l'estomac, j'ai des spasmes, des contractions, des hoquets, je veux le rejeter, le cracher, le vomir, je bave et gémis. L'idée du suicide revient, et celle de l'humiliation physique la plus absolue, la plus définitive. J'arrache d'un seul coup le tuyau de plusieurs mètres qu'on a fourré jusqu'au fond de mon ventre, et je le jette par terre. C'est à ce moment-là que j'ai dû me blesser, ce qui m'empêche maintenant de déglutir toute nourriture solide. Le docteur Domer m'a dit avec agacement : « Ça ne sert absolument à rien ce que vous venez de faire, il va falloir tout recommencer et le passage du tuyau est le moment le plus désagréable, ensuite en principe tout se passe bien, coincez vos mains entre vos cuisses et serrez bien fort pour ne plus avoir la tentation d'arracher le tuyau. » Je n'ai pas eu de chance. Le docteur Chandi n'avait pas eu le temps de me faire une lettre de recommandation pour le docteur Domer, et j'avais négligé de traverser Paris pour aller la chercher à son cabinet. Plusieurs fois les secrétaires et les infirmières, puis le docteur Domer lui-même, m'avaient demandé : « Où est la lettre ? » et j'avais répondu : « Je n'ai pas de lettre. — Où est votre dossier ? — Je n'ai pas de dossier. » Inconscient j'étais venu seul à cet examen très pénible. Bravement, fièrement, j'avais dû dire au docteur Domer : « Dans le cadre d'une infection HIV, nous recherchons les causes d'un amaigrissement de douze kilos. » Pour le docteur Domer, je n'étais qu'un petit pédé infecté de plus, qui allait de toute façon crever, et qui lui faisait perdre son temps. Il faisait d'une pierre deux coups : il réalisait la fibroscopie, pour quoi il touchait des honoraires à l'hôpital, mais il ne la faisait pas lui-même, puisque j'étais personne, pour ne pas en avoir

68

les inconvénients, n'en recevoir ni les hoquets ni les éclaboussures des éructations, et il enseignait en même temps son métier à un débutant maladroit, paniqué et horrifié par ma souffrance. Je ne dis pas que le docteur Domer, malgré son physique de sadique de film de nazis, ne soit pas un homme bon, je ne peux pas savoir. Mais il était excédé par ma souffrance, lassé au dernier degré et dégoûté par cette souffrance à laquelle il n'en finissait pas d'assister, puisqu'elle était son travail, à ce moment il perdait toute sensibilité, et il regrettait avec amertume le cheminement entier de son existence. Le commando des égorgeurs de cochons continuait de s'affairer autour de moi. Il fallait aller le plus vite possible, puisque c'était insupportable. L'apprenti m'avait réenfilé le tuyau noir et l'avait déroulé en le passant de force à l'intérieur jusqu'à ce qu'il atteigne mon estomac, j'essayais de me concentrer pour ne pas le rééjecter, je m'entraînais à respirer fort par le nez malgré ma sensation d'étouffement. Le docteur Domer ne prononça à cet instant aucune de ces paroles de réconfort dont j'avais ultra besoin, il ne disait pas : « Tout va bien, le plus dur est passé, respirez bien, c'est bientôt fini. » Il avait regardé à l'œilleton, à distance, et il avait dit : « Il y a une candidose œsophagienne, c'est certain, on la diagnostique à l'œil nu, et il y a deux ulcérations à l'estomac, on va faire les biopsies. » On enfilait à toute vitesse, à l'intérieur du tuyau noir, de longs fils de fer terminés par des sortes de petits crampons, d'ancres, de pelleteuses. On me raclait l'intérieur du ventre, on le dépiautait pour en prélever ici et là de petites particules, c'était parfaitement indolore. Le docteur Domer disait à ses assistants, d'un ton sec et saccadé : « Ouvrez, fermez, ouvrez, fermez, encore une et ce sera la dernière. Ouvrez, fermez. » Il parlait des petites griffes des crampons qu'un mécanisme manœuvrait. « Voilà, c'est fini, dit le docteur Domer, reposez-vous. » Je lui dis : « Puisque vous avez diagnostiqué une candidose à l'œsophage et deux ulcères à l'estomac, je suppose qu'on va les traiter, mais est-ce la peine que je fasse la coloscopie prévue vendredi ? — Oui, répondit-il, parce que la candidose et les ulcères ne suffisent pas à expliquer un amaigrissement aussi considérable. Au revoir monsieur. » Il disparut avec l'ensemble du commando des égorgeurs de cochons par la porte où ils étaient entrés, me laissant seul sur la table couverte de papier dans la grande salle vide. C'était fini, je n'avais plus mal, je pouvais dire que c'était derrière moi, mais je savais à quel point cet examen tel qu'il s'était déroulé avait pu me traumatiser. Quand on l'a fait quelques mois plus tard à ma grand-tante Louise, une vraie crise de folie s'en est ensuivie, des infirmières l'ont retrouvée la nuit, errant dans les couloirs à la recherche de sa sœur jumelle, qui était à trois cents kilomètres d'elle. Je téléphonai à Jules d'une cabine, et repartis seul en autobus, des crampes atroces dans le ventre, inquiet parce qu'on ne m'avait pas expliqué que c'était tout simplement des ballonnements à cause de l'air qui avait été injecté dans l'estomac. Chez moi, j'ouvris mon journal, et j'y écrivis : « Fibroscopie. » Rien d'autre, rien de plus, aucune explication, aucune description de l'examen et aucun commentaire sur ma souffrance, impossible d'aligner deux mots, le sifflet coupé, bouche bée. J'étais devenu incapable de raconter mon expérience.

La seconde fibroscopie, exactement cinq mois plus tard, alors que je m'étais juré de ne plus jamais en faire et que je la refusais à mes médecins qui me pressaient depuis des mois, sous Prozac et déjà sous DDI, six jours après ce vendredi 13 qui marquait le début de ma résurrection, a presque été un enchantement. Le docteur Nacier, qui avait obtenu l'assentiment que je déniais au docteur Chandi, appuyé par le diagnostic du professeur Stifer, qui m'avait conseillé de faire une fibroscopie de contrôle, un examen ophtalmologique et une échographie abdominale, me proposant pour l'endoscopie de la faire sous narcotèse, c'est-à-dire sous anesthésie semi-générale, qui n'engourdit que pendant deux heures, le docteur Nacier, ayant décidé de reprendre les choses en main, me trouvant si amoindri et se trouvant si florissant alors que nous partageons la même maladie, par amitié et par pitié, s'était posé toutes les questions imaginables avant de décider où je devais subir cet examen qui avait été si pénible pour moi la première fois, un hôpital ou une clinique privée, et quel médecin serait à même d'atténuer au maximum mon appréhension et ma souffrance car j'avais refusé la narcotèse. Il s'était fixé sur un confrère, vaguement ami comme ils le sont tous, le docteur Oskar, gastro-entérologue qui avait une charge à l'hôpital, mais qui exerçait aussi, « pour faire des sous », me dit le docteur Nacier, dans son cabinet du boulevard de La Tour-Maubourg. Le docteur Nacier passa me chercher chez moi vers neuf heures trente. J'étais terriblement anxieux, je devais être à jeun, je n'avais pas pu prendre le Prozac. Je me sentais mal. Je pensais que je m'étais encore laissé entuber, c'était le cas de le dire, par ces médecins qui allaient finalement contre ma volonté. J'avais imaginé une clinique hyper-moderne, toute en carrelage blanc, fonctionnelle, avec des secrétaires silencieuses devant des ordinateurs. Je me retrouvais enfoncé auprès du docteur Nacier, qui tentait par sa conversation de me faire penser à autre chose, dans un canapé profond, entouré de tableaux, de potiches, de divans et de meubles de style, tel était le cabinet du docteur Oskar. Deux trois patients attendaient dignement, plantés raidement dans des fauteuils Empire, des hommes et des femmes d'une cinquantaine d'années, que le docteur Oskar vienne les chercher. Le docteur Nacier me le présenta : il était en bras de chemise, sans blouse blanche, le style sympa et décontracté ; il me dit : « Vous verrez que ça se passera très bien, avec moi vous ne sentirez rien passer, et s'il y a le moindre problème on arrête immédiatement et on réessaie une autre fois, ne vous faites aucun souci. » Après le dialogue, dans son cabinet, auprès du docteur Nacier, sur les motifs qui nécessitaient cette endoscopie, l'amaigrissement maintenant de dix-huit kilos en un an, et cette impossibilité à déglutir tout aliment solide, une assistante me fit passer dans un réduit attenant au cabinet, une sorte de placard aménagé où j'imaginais mal qu'on pouvait faire le même type d'examen que celui des égorgeurs de cochons, qui avaient transformé une salle d'hôpital un peu vétuste en salle de torture moyenâgeuse. L'assistante, elle aussi sans blouse blanche, pour ne pas faire peur aux enfants ni aux grands enfants, me fit coucher sur la table recouverte de papier, enfila des gants translucides, et me vaporisa au fond de la gorge quelques jets de Xylocaïne, très amers, que je devais déglutir. Le docteur Oskar arriva sur ces entrefaites et dit : « On va vous faire une piqûre de Valium, c'est le décontractant le plus génial qui soit. » Je vis, entre les mains gantées de l'assistante, la petite seringue avec son aiguille courte qui est celle avec laquelle je rêve toujours de me piquer avec Vincent. On m'injectait le Valium, « respirez fort par la bouche, me dit le docteur Oskar, pour que ça entre bien, vous allez avoir la tête qui va tourner un peu. Faisons-en une seconde, dit-il à l'assistante, ce sera plus sûr avec lui ». On me réinjectait le Valium, qui me détendait extraordinairement, et me fit flotter dans une semi-conscience, sensible et éveillée. On m'avait mis un bavoir et fait coucher sur le côté, le docteur Oskar enfilait dans ma bouche un fin tuyau noir, qui passait, péniblement certes, dans la gorge, mais qui passa. J'avais arrêté de cracher et d'avoir des spasmes, l'examen était en cours, je n'avais plus aucune notion du temps qu'il durait. Le docteur Oskar regarda dans l'œilleton du tube, et proposa au docteur Nacier de venir voir à son tour, il dit : « Il n'y a plus rien, ni candidose à l'œsophage, ni ulcère à l'estomac, tout est net et propre. » Je regrettai ensuite de n'avoir pas regardé moi-même à l'œilleton, et je posai des questions au docteur Nacier, j'imaginais que tout devait être rouge sombre, carmin, couleur de sang à l'intérieur. « Pas du tout, répliqua Nacier, c'est rose vif, rose frais. » Rose comme les entrailles débourrées du flanc du cheval lors de ma dernière corrida. Je n'avais pas réalisé qu'on me faisait la biopsie réclamée sur l'ordonnance de Claudette Dumouchel, et pourtant quelques instants plus tard je postai moi-même à un laboratoire ma particule d'estomac dans une enveloppe rembourrée. Le docteur Oskar me proposa d'aller m'étendre sur un sofa dans une salle de repos, où j'entrai en titubant légèrement, découvrant une hécatombe : les mêmes patients que ceux de la salle d'attente, où ils avaient été raidement et dignement assis, ces hommes et ces femmes de cinquante ans étaient maintenant dispersés et vautrés, shootés au Valium, dans les canapés d'un salon bourgeois ou d'un cabinet de psychanalyse à la chaîne transformé en fumerie d'opium. Une femme qui avait laissé tomber de ses mains *Voyage de noces* de Patrick Modiano ronflait bruyamment. Une jeune femme à la peau colorée traversait le champ de bataille, une cafetière à la main, et distribuait aux malheureux dont les paupières vacillaient de petites tasses d'un café très noir, sucré à la pince. Derrière les rideaux on apercevait les arbres, éclairés par le soleil, du boulevard de La Tour-Maubourg, désert en ce mois de juillet. Au beau milieu de la fumerie d'opium trônait maintenant l'assistante, à un bureau design, elle avait fini ses piqûres de Valium et jeté ses gants translucides à usage unique, ses doigts pianotaient silencieusement les comptes rendus d'examen sur un clavier d'ordinateur. « Est-ce que le café est passé ? » me demanda le docteur Oskar en pénétrant dans son fief de narcoses, « alors c'est bon signe ». De retour dans son cabinet, il me demanda de lui raconter ma première fibroscopie. Il me dit : « Depuis le temps que je fais ça, vous pouvez bien imaginer que j'en ai écouté, des récits de fibroscopies cauchemardesques détaillés par mes patients. Le vôtre, je lui donnerai le numéro deux dans le registre de l'horreur, le numéro un étant déjà pris par une femme qui faisait une fibroscopie à Cochin, comme vous elle n'a pas supporté le tube, l'a arraché, l'a jeté par terre et s'est enfuie. Deux infirmiers l'ont rattrapée dans une allée et l'ont ramenée de force sur la table, ils l'ont attachée et ils lui ont renfoncé le tuyau dans la gorge, vous n'étiez pas très loin de ça. » J'allai faire un chèque de six cents francs à l'assistante et quittai le cabinet avec le docteur Nacier, soulagés tous les deux. Je ne pouvais pas dire que cette fibroscopie avait été une partie de plaisir, mais elle était passée pour de vrai comme une lettre à la poste.

Si je me décidais à faire le film commandé par la productrice bestiale, laquelle des deux fibroscopies devrais-je filmer ? La fibroscopie du film d'horreur, pourtant si commune, ou celle du salon bourgeois saturé de Valium ? Ma souffrance si photogénique, ou son soulagement ?

Le lendemain de la première fibroscopie, je me laissai enfermer dans ma cave. J'allais chercher l'aspirateur qu'à cause de Jules les déménageurs y avaient mis avec de vieux cartons, il était grand temps de changer cet aspirateur mais je n'avais pas eu le temps de le faire, et la femme de ménage savoyarde et alcoolique que m'avait recommandée Jules devait arriver pour la première fois, et que faire d'une femme de ménage sans aspirateur, m'étais-je demandé. Je m'étais donc décidé à déjeuner tôt pour aller chercher l'aspirateur à la cave et pouvoir accueillir à l'heure fixée la fameuse Marie-Madeleine qui, entre parenthèses, quand elle lut dans *La Vie catholique* l'article par lequel elle apprit que j'avais le sida, me rendit bel et bien, malgré ses airs dissimulés de poivrote à qui l'on était en train d'extraire l'intégralité du cerveau par petites ponctions sous le prétexte de lui cureter les oreilles, son tablier, me disant, après avoir refusé de laver les verres où j'avais bu : « C'est pas pour moi que ça me gêne, c'est pour mon mari. » A peu près à la même époque, les camériers de l'Académie espagnole,

qui avaient toujours été complaisants avec moi, peut-
être parce que je m'étais empressé à leur graisser la
patte, refusèrent de faire le ménage dans l'endroit que
j'avais occupé comme dans celui où il m'arrivait de
revenir, chez David. Si ces demeurés, ainsi que le dit
David, avaient peur d'attraper le sida en faisant le
ménage, pourquoi donc les y obliger ? L'affaire faillit
arriver à Paris, au ministère de la Culture, car David,
teigneux comme à son habitude, s'en était saisi pour
faire virer le nouveau secrétaire général, qui avait été
au-dessous de tout, comme à son habitude lui aussi, et
finissait ses folles soirées en mettant le disque des
Camionneurs zaïrois *Méfions-nous du sida*. Le direc-
teur, pour freiner les pétitions des camériers, finit par
rédiger une note, qu'il prit garde de ne pas signer, dans
laquelle il leur expliquait que selon la loi espagnole le
sida n'était pas une maladie contagieuse, et que par
conséquent ils étaient dans l'obligation de faire le
ménage dans les endroits où j'habitais, dussent-ils
mettre des gants de caoutchouc que l'intendance leur
fournirait, proposition, me dit le docteur Chandi à qui
je racontais l'histoire, qui ne faisait qu'aggraver cette
paranoïa lepéniste. Heureusement vraiment que le
sida est une maladie acrobatiquement transmissible,
sinon je vous écrirais depuis ma cellule, derrière des
barreaux. J'ouvre donc la porte de ma cave, que le
gestionnaire matériel de la grande société d'assurances
qui me loue mon nouvel appartement a eu la bonne
idée de faire blinder, ce qui nous avait rendu son
dénichage énigmatique, quand je dus l'ouvrir aux

déménageurs, car elle ne ressemble en rien à ces autres portes en bois facilement fracturables par les cambrioleurs, mais davantage à une porte de coffre-fort, plombée en métal. C'était la troisième fois que je descendais dans cette cave : j'y étais encore retourné la veille avec Jules pour y ranger des cartons de mauvais livres. Je devais aller au cinéma avec lui le soir, et avec son amant, mais auparavant, sitôt connaissance faite avec ma Savoyarde alcoolique, je devais filer chez mon éditeur, pour le premier entretien, à propos de mon livre, avec le journaliste d'un grand quotidien belge. J'avais allumé la minuterie pour descendre l'escalier de la cave dans la cour intérieure de l'immeuble, ma gardienne n'en fermait généralement pas la porte à clef. J'avais recherché la porte en métal dans le labyrinthe, la seule porte de la cave où n'était inscrit aucun numéro, une porte de fait totalement dissimulée, et j'avais remarqué dans un angle, à terre, une petite pyramide de grains rouges pour faire crever les rats. A peine suis-je entré dans ma cave pour récupérer en coup de vent mon vieil aspirateur, que la porte blindée, que j'avais ouverte avec le trousseau des trois clefs identiques, la rabattant largement contre la paroi et laissant imprudemment le trousseau à l'extérieur sur la porte, sans aucun courant d'air, comme si une main invisible l'avait poussée dans mon dos, se referme sur moi. Plus moyen de sortir. Mes toutes premières pensées sont pleines de sang-froid : je viens de manger et boire copieusement au restaurant, j'ai donc un peu de temps devant moi avant l'apparition de la faim et de la soif ; deuxio le temps est devenu doux, au point que le matin même j'ai hésité à abandonner mon manteau d'hiver pour mon manteau de demi-saison, j'ai été inspiré de finalement y renoncer, je suis bien couvert, je ne mourrai pas de froid, on est le mercredi 21 février. Puis je cherche dans la cave s'il y a parmi les cartons quelque chose qui pourrait m'aider : non, rien que des livres, l'humidificateur encombrant que m'a laissé Gustave, l'aspirateur, un grand tapis moche. La minuterie s'éteint. J'appelle au secours. Je hurle au secours. Je m'époumone, il vaut mieux garder mes forces, et m'organiser. Que fera la femme de ménage quand elle sonnera à l'interphone et que je ne lui répondrai pas ? Peut-être téléphonera-t-elle à Jules ? Que fera l'attachée de presse de la maison d'édition quand elle s'apercevra que j'ai laissé passer l'heure, moi si ponctuel, du rendez-vous avec le journaliste belge ? Elle téléphonera chez moi, ça ne répondra pas, je reconstituai mentalement le nouvel appartement dans lequel le téléphone sonnait, dans le vide, et n'y trouvai aucun signe de ma disparition. Tout était en ordre, et sans trace, mon carnet de rendez-vous et d'adresses ne pouvait fournir que de fausses pistes par rapport à cette cave maudite. Le plus atroce était que tout dans cette absence désignerait, non un kidnapping, mais une disparition, puisque c'était un de mes grands fantasmes : disparition pour Jules, qui sentait que je n'avais pas envie de cette femme de ménage ; disparition pour l'attachée de presse, qui se dirait que je n'assumais pas ce livre, et que je n'aurais pas le cran d'affronter des journalistes. Que ferait Jules quand, accompagné par son amant, il ne me verrait pas arriver devant le cinéma Bienvenüe-Montparnasse, comme convenu, à l'heure fixée pour la séance de vingt heures ? Rentrerait-il dans le cinéma, pensant que j'avais simplement du retard et que je le retrouverais, la séance commencée, dans les premiers rangs où nous avions l'habitude de nous placer depuis quinze ans ? Aurait-il l'idée d'aller chez moi avec les clefs de mon appartement dont il détenait un double ? Aurait-il l'idée de la cave ? Pouvait-il avoir l'idée de la cave ? Pouvait-il remarquer l'absence du trousseau de clefs de la cave que nous avions pris ensemble la veille dans la cuisine, sur le meuble aux compteurs ? J'étais dans le doute, bientôt dans le désespoir le plus complet. La minuterie s'était éteinte, mais avec ces réflexions j'avais eu le temps de m'habituer à la semi-obscurité que trouaient seulement les verres dépolis ronds qui devaient donc donner dans la cour intérieure et qui s'éteindraient eux aussi à la tombée de la nuit. Peut-être devrais-je passer la nuit dans cette cave, il fallait que je m'habitue à cette idée, et que je m'organise avant la fin du jour. Je dépliai le grand tapis dans lequel je m'enroulerais pour dormir si j'avais froid, je commençai à rassembler les cartons vides pour les démantibuler et en tapisser l'angle vide, afin de me protéger contre l'humidité des parois et l'assaut nocturne des rats, je me fis ma petite niche et je l'essayai en m'asseyant par terre sur le tapis, blotti dans l'angle, me recouvrant de cartons dépenaillés.

Répétition de l'horreur de la nuit. J'avais faim et soif. Peut-être Jules aurait-il l'idée de la cave au milieu de son insomnie, et me délivrerait-il en pleine nuit? Espoir, désespoir. Silence, hurlement. Sérénité, torture. Alors je me vis réellement, découvert des mois après, crevé dans cette cave, de soif, de faim, de froid et d'épuisement nerveux, comme les écoliers du labyrinthe de la Villa Médicis, squelette recroquevillé sous des cartons. J'avais un stylo dans ma poche, et des morceaux de papier, je pouvais au moins écrire, écrire mes derniers mots, comme le Japonais à sa famille dans l'avion qui s'écroulait en chute libre, mais que peut-on écrire dans cette situation? A part redire à Jules et à Berthe que je les aime, mais ils le savent déjà. Il ne faudrait pas oublier David, ni Gustave, ni Edwige, la liste s'allongeait, j'avais terriblement envie de m'assoupir, pour me relâcher quelques instants de cette tension nerveuse insupportable de l'enfermement dans une cave derrière une porte blindée. Non, il ne fallait pas dormir, se réveiller et prendre conscience une seconde fois de la situation serait encore plus atroce que la fatigue, il fallait surtout s'empêcher de dormir. Si je dormais peut-être me priverais-je de la seule possibilité de délivrance sain et sauf? Quand la minuterie se rallumera, je serai sauvé. Je hurlerai, je serai forcément sauvé. Ce qui m'inquiétait, c'est que cette cave ne servait que de cave, contrairement à celle de mon précédent appartement, où la gardienne stockait les poubelles, ma nouvelle gardienne se servait pour cela d'un local distinct, qui ne communiquait pas avec la cave. J'entrepris des calculs statistiques pour évaluer le plus justement une possibilité de délivrance : sept étages dans cet immeuble, deux escaliers, deux paliers, cela fait vingt-huit appartements, donc au moins vingt-huit locataires et peut-être le double, plus la gardienne ; mais moi, combien de fois en sept ans suis-je descendu dans ma précédente cave ? Une seule fois peut-être, alors. Il ne fallait pas compter sur ces calculs statistiques, ils ne servaient à rien. On trottinait sur les carreaux de verre de la cour intérieure. Je hurlais au secours. C'était un chien. Le chien s'en fichait. Pas de chien sans homme dans cette cour intérieure, mais peut-être lui avait-on simplement ouvert la porte pour pisser. Peut-être ne m'entendait-on pas, le verre des carreaux étant trop épais. Il faudrait que j'arrive à cogner directement contre. Je me relevai de ma niche pour prendre ce foutu aspirateur et le tendre en direction du rond de lumière, ce n'était pas commode, le bout du manche atteignait à peine le verre, je cognai plusieurs fois, le chien avait disparu. Je me laissai retomber par terre. Je visionnai nettement ma mort dans cette cave, comme une vignette saugrenue incrustée par le destin à l'intérieur de cette autre vignette plus large du malheur, mais peut-être plus assurée que celle de la cave dont on allait me délivrer, qui était celle du sida, devenu le film courant de ma vie. Mourir dans cette cave alors qu'on est atteint du sida, il n'y a que moi pour en finir comme ça, cette mort dans ma cave appartenait déjà à ma biographie, dans toute son absurdité et toute son horreur. Pris au piège par une porte blindée trop bien huilée, qui a pivoté sur elle-même. Il ne fallait pas commencer à penser à la main d'un mort, surtout pas à la main de Muzil qui voulait m'empêcher de faire cette première interview, si je commençais à penser de telles choses c'était la fin, et la folie précipitée. Je sentais bien que je me tenais par cette situation catastrophique à l'extrême limite de la folie, de la crise de nerfs, de la démence. En même temps je me disais que je pourrais peut-être tirer un enseignement de cette situation limite et catastrophique de la cave pour cette autre situation, peut-être plus limite encore et plus catastrophique, qu'est le sida. Je n'avais pas de montre. Je ne me rendais plus compte du temps. Je ne savais pas si j'étais déjà resté dans cette cave une heure, ou bien cinq heures. J'aurais le repère alarmant de la tombée du jour, de l'heure du dîner, de la faim, du dernier métro, je les entendais débouler dans les deux sens et faire résonner les parois, si j'y avais pensé à temps le passage des métros aurait pu me servir de boulier pour le temps, mais il aurait aussi pu faire effet de point d'obnubilation qui menait à la démence. Peu importe le temps finalement, sinon celui de la résistance, seule compte la délivrance. Je ne voulais rien écrire sur mes morceaux de papier, je voulais me garder des mots définitifs, comme je voulais me garder d'écrire un nouveau livre. J'avais bien sûr essayé toutes les clefs de mes poches. Enfant, à Croix-de-Vie, ma mère m'avait montré comment bloquer une clef dans une serrure afin d'empêcher le voleur d'enfants de la faire tomber sur un papier de l'autre côté de la porte. Je dépliai sous la porte blindée un des papiers de ma poche, à l'emplacement où pendait le trousseau. J'avais remarqué un tortillon de fil de fer rouillé, accroché au-dessus de la porte, qui devait être resté du temps de l'ancienne porte en bois, je le désentortillai soigneusement en prenant garde de ne pas me blesser, à cause du tétanos dont je n'ai jamais fait le rappel, dans les situations les plus désespérées clignotent les réflexes de survie. J'enfonçai le bout du tortillon dans la serrure. Ou bien il rencontrait une résistance qu'il ne parvenait pas à débloquer, ou bien il semblait s'enfoncer complètement par un interstice inefficace, et ressortir de l'autre côté de la porte. Je me dis qu'il ne fallait pas non plus s'escrimer avec ce morceau de fer. Je me rassis sur mon tapis et rabattis les premiers cartons sur moi. La minuterie s'alluma. J'étais délivré. Aussi criai-je avec moins de force et de conviction, puisque j'étais par avance délivré, au point que mon sauveur craintif pouvait croire à une entourloupe, une embuscade de brigands, et s'enfuir. Au moins en parlerait-il à la gardienne, ce n'était pas possible qu'il ne le raconte à personne, et qu'il scelle ainsi ma mort dans sa lâcheté. La voix du vieil homme me disait : « Mais où êtes-vous ? Je n'arriverai jamais à vous retrouver dans ce dédale ! » J'essayai de me faire le plus convaincant possible : « Si, vous y arriverez, vous vous guiderez par ma voix, je ne vais pas arrêter de vous parler, et je suis derrière la seule porte qui n'est pas numérotée, derrière la seule porte blindée, une porte en métal, vous verrez, bien sûr que vous allez me trouver, vous ne pouvez pas me laisser comme ça, mettez-vous à ma place ! » Le vieil homme se méfiait. Lorsqu'il m'ouvrit la porte, je lui dis : « Vous êtes mon sauveur. » J'aurais pu m'agenouiller pour baiser ses doigts rougeauds et courts, maintenant je suis un peu gêné quand je le rencontre dans l'ascenseur avec sa femme, je dois exagérer mon côté reconnaissant. Il m'a peut-être sauvé la vie. Désormais j'étais incapable de penser : « Je baiserai les mains de celui qui m'apprendra ma condamnation », mais exactement le contraire. Je remontai chez moi, me dépoussiérai, bus un verre d'eau, regardai le réveil pour constater que j'étais resté trois heures enfermé dans la cave, téléphonai à Jules qui eut le fou rire puis à l'attachée de presse qui m'avait déjà vu à l'hôpital, hésitai à prendre un Lexomil ou un verre de porto, renonçai à m'effondrer en larmes, et sortis de chez moi pour aller dédicacer mon livre, qui arrivait ce jour-là de l'imprimerie.

Le lavage alvéolaire, contrairement à la première fibroscopie cauchemardesque, malgré la barbarie de l'acte en lui-même, grâce au doigté et à la délicatesse d'une jeune femme médecin et de deux infirmières, devint presque un quatuor dont je jouais la quatrième voix avec la complicité des trois autres. Il s'agit de faire entrer par le nez un long tuyau mince qu'on pousse jusqu'à l'intérieur des poumons et par lequel on injecte de l'eau, aussitôt réaspirée, afin de prélever l'éventuel champignon, le pneumocys, invisible à la radio dès son apparition, ou le bacille tuberculeux à mettre en culture. Mes médecins s'étaient servis de l'envie que j'avais de ne pas me désister au dernier moment de mon engagement dans l'émission « Apostrophes » pour me convaincre de faire cet examen. Je toussais, j'avais de la fièvre, je n'avais pas encore été mis sous Bactrim malgré mon taux de T4 tombé bien au-dessous de 200 ; le docteur Gulken, consulté en renfort, était persuadé que j'avais commencé à développer une pneumocystose. Il me dit : « Vous ne tiendrez jamais jusqu'à vendredi pour votre émission dans l'état où vous êtes. Il faut faire un lavage alvéolaire le plus vite possible, parce que plus tôt la pneumocystose est dépistée, mieux on peut la juguler. On saura l'après-midi de l'examen si vous en avez une, et si c'est le cas on vous mettra immédiatement sous perfusion de Bactrim à dose forte pour bien attaquer le pneumocys, et vous verrez que vous pourrez faire " Apostrophes ". » Le docteur Chandi comme le docteur Gulken oublièrent de me préciser qu'il fallait arriver à jeun, sinon il y avait des risques d'étouffement. Il fallait aussi faire une prise de sang avant l'examen et le fameux examen appelé les « gaz du sang », que je redoutais et que j'avais déjà refusé une fois, afin de calculer le taux d'essoufflement et les risques pris par ce type d'investigation. L'infirmière, Jeanne, redoutait aussi de me faire ces gaz du sang, elle m'avait chuchoté la première fois que ça se passait bien une fois sur deux, au petit bonheur la chance, et que l'autre fois c'était une boucherie. On enfonçait une aiguille épaisse à l'intérieur du poignet, dans cette zone pâle et bleutée par les veines pratiquement illisible, sinon au toucher, pour l'infirmière. Jeanne réussit son coup du premier geste : je ne sentais même pas l'aiguille que je voyais plantée à l'intérieur de mon poignet. Jeanne était tellement contente que tout se passe bien qu'elle appela à la rescousse une de ses collègues afin qu'on prélève dessus le sang de la numération, et qu'on m'évite ainsi d'être repiqué au bras. Le docteur Chandi, à cause de la première fibroscopie, m'avait écrit une longue lettre de recommandation pour la doctoresse, faisant allusion au traumatisme de la fibroscopie et vantant mon exceptionnelle sensibilité, le genre de lettre qui m'aurait fait carrément achever de rage par le commando des égorgeurs de cochons. La jeune femme la lut devant moi, alors qu'elle s'apprêtait à se masquer tout le visage, tandis qu'une des deux infirmières désinfectait le tuyau qui avait pénétré dans les poumons du jeune garçon noir passé avant moi et que l'autre m'installait dans un gros fauteuil, comme ceux qui électrocutent les tueurs d'enfants aux Etats-Unis. La jeune doctoresse dit avec un petit rire d'énervement que ce n'était pas une lettre de collègue à collègue, confrère et cher ami, mais un vrai roman. Je me méfiais de cette jeune femme, parce qu'elle me semblait trop belle. Je l'avais vue repasser dans le couloir d'attente, sans sa blouse blanche, entre deux lavages alvéolaires. Elle avait trop de chic pour être une infirmière, avec son petit nœud de velours noir dans sa queue de cheval coupée au cordeau comme une œuvre d'art moderne, ses souliers plats de grande femme, son « chien ». Je me disais qu'en aucun cas une femme si élégante ne pouvait assumer la brutalité de l'acte auquel on m'avait préparé. Elle tira vers moi un fauteuil sur roulettes, méconnaissable avec une blouse verte tirée jusqu'au haut du cou, presque scotchée, ses gants translucides, son bonnet antiseptique, son masque à gaz de bicycletteuse japonaise, ses lunettes grossissantes. La jolie jeune femme, par un coup de baguette, était devenue un horrible crapaud vert qui m'expliquait comment

90

nous allions faire la chose : d'abord m'anesthésier, par un procédé un peu pénible qui consistait à me faire entrer la Xylocaïne par le nez avec une pipette tout en respirant et déglutissant à contretemps, sur ses ordres, pour faire passer le produit par la trachée jusqu'au poumon. Je réalisai alors corporellement, avec le passage du liquide qui m'étouffait puis celui du long tuyau noir flexible, cette évidence que nous avons deux sortes de tuyaux au niveau de la gorge, l'un qui mène au ventre, à la nourriture, à la chiasse et aux ulcères comme à la monstrueuse fibroscopie, l'autre par lequel mon père m'avait fait rendre la pastille jaune interdite qui m'étouffait, en me secouant par les pieds. C'était par ce tuyau-là que l'eau de mer envahissait les poumons des noyés. C'était par ce tuyau-là qu'on allait m'injecter de l'eau dans mes poumons à moi puis la réaspirer, ce que je redoutais. Ce tuyau menait à la mort assurément, il menait à la cause de la mort pour la plupart des malades du sida, la mort par suffocation. Fantasmatiquement je réalisai qu'un accroc de distribution des éléments, aliment, air, eau, par l'un ou l'autre de ces deux tuyaux pouvait être fatal. Je m'étouffais, je bavais, j'éructais, je recrachais par le nez le produit que je n'étais pas arrivé à faire passer par la trachée. J'avais prié la jolie princesse, juste avant qu'elle ne se métamorphose en crapaud, de m'expliquer les choses en détail au fur et à mesure avant de les réaliser, et elle s'exécutait calmement, dans la plus grande précision. La fée se cachait bien sous le déguisement du crapaud. Ses gros yeux de batracien étaient tout près des miens, apeurés, à la distance d'un baiser. Ses instructions me parvenaient de derrière les petits trous du masque à gaz japonais : « Respirez maintenant calmement, l'anesthésie va faire son effet. Je vous passerai alors par le nez un petit tuyau noir minuscule qui n'a rien à voir avec le gros tuyau de la fibroscopie. » Elle le faisait, c'était atroce, insupportable, affreusement douloureux, mais je n'oubliais pas que la fée se cachait sous le masque du crapaud. L'injection puis la ponction de l'eau dans les poumons, contrairement à ce que j'avais imaginé, me sembla indolore. Le crapaud mettait son œil globuleux au bout du tuyau et inspectait mes poumons. « Tout roses », me dit ensuite la fée ressuscitée. Les deux infirmières se pressaient silencieusement autour de nous pour écourter la torture. « Ça va être fini, me dit le crapaud, je vais nettoyer un petit coup avant de me retirer, et je vous enlève ce tuyau. » Le ménage n'était pas très agréable. C'était fini. La jeune doctoresse ôta son masque et ses gants, comme avec soulagement, et alla au bureau dicter son compte rendu dans un appareil à cassettes. Une des deux infirmières me demanda : « Alors comment c'était ? » Je répondis : « Une abomination, je ne vous apprends rien, mais je dois dire que vous avez été formidables toutes les trois, que je vous en remercie, et que j'espère que vous êtes comme ça avec tous les patients. » Je plaisantai ensuite avec la jeune doctoresse, je lui dis : « Je n'imaginais pas qu'une aussi jolie femme puisse avoir une telle compétence professionnelle. » Elle rit de bon cœur. Je ne devais pas manger avant deux heures, et on m'avait prévcnu que je pouvais faire une poussée de fièvre. On m'annonça dans l'après-midi le résultat du lavage alvéolaire : négatif. Je n'avais pas la pneumocystose. Pour la tuberculose, on n'aurait les résultats que dans trois semaines. Ma fièvre tomba aussitôt, et je cessai de tousser.

Mon père voulait que je fasse médecine. J'ai l'impression, à travers cette maladie, d'apprendre la médecine et de l'exercer à la fois. Dans la littérature, ce sont les récits médicaux, ceux où la maladie entre en jeu, que j'aime par-dessus tout : les nouvelles de Tchekhov où il est question de son art de médecin et de ses relations avec certains de ses patients, qui lui permettent de raconter de curieuses destinées ; les *Récits d'un jeune médecin* de Boulgakov... La médecine était le destin que m'imposait mon père, aussi le réfutai-je. A quinze ans, au moment où il fallait choisir et où le choix pour moi était déjà fait, les tables de dissection me répugnaient. Maintenant j'aimerais recommencer mes classes, et apprendre ce métier auquel mon père me destinait, comme mon père, à soixante ans passés, à la retraite, eut l'idée d'exercer un nouveau métier, celui de bouquiniste ou de brocanteur. Aujourd'hui j'aimerais travailler sur une table de dissection. C'est mon âme que je dissèque à chaque nouveau jour de labeur qui m'est offert par le DDI du danseur mort. Sur elle je fais toute sorte d'examens, des clichés en coupe, des investigations par résonance magnétique, des endoscopies, des radiographies et des scanners dont je vous livre les clichés, afin que vous les déchiffriez sur la plaque lumineuse de votre sensibilité. Le Poète, vivant à la campagne isolé dans sa ferme, et contemplant les paysages du Luberon, m'écrivait il y a deux ans : « Le métier de paysan est quand même le plus beau métier du monde. » Quand Claudette Dumouchel, après l'examen, me raccompagnait, dans l'escalier qu'elle grimpait devant moi, beaucoup plus vite que moi, essoufflé et à la traîne, je lâchai : « J'ai l'impression en tout cas qu'on s'occupe bien de moi. » Elle me dit quelque chose que je compris comme étant : « Ce n'est pas le rôle du médecin », alors qu'elle disait, étonné je lui ai fait répéter, justement le contraire : « C'est le rôle du médecin de bien s'occuper de ses malades. » Il ne doit pas y avoir pour un médecin actuellement, un médecin qui a la vocation comme le mien, de situation plus excitante et plus émouvante que de s'occuper des malades du sida, même si certains le font, comme Claudette Dumouchel au premier abord, apparemment à froid, fonctionnellement, comme désensibilisée ; parce que le malade navigue sans cesse entre la vie et la mort, qui sont les deux pôles et les deux questions entre lesquels se situe l'activité du médecin, et que dans un laps de temps compté, mais qu'il fait bouger aussi et reculer par son acharnement, le médecin et son malade doivent inventer ensemble la relation bienfaisante. Dans l'escalier, je m'étais abstenu d'ajouter à mon échange bref de mots avec Claudette Dumouchel : « Vous faites le plus beau métier du monde. »

Je reprends l'autobus, je m'agrippe aux deux barres pour monter la marche et je fais attention de ne pas perdre l'équilibre en lâchant la main qui met le ticket dans la poinçonneuse. Dans l'autobus, derrière des lunettes noires, je regarde les jeunes femmes. Je les trouve jolies, presque appétissantes. Leurs bras sont nus à cause de l'été. Elles lisent des livres, ou regardent comme moi par la vitre les gens dans la rue. Elles sont seules. Celles que je regarde sont toujours seules. Elles doivent trouver mon regard insistant, même derrière mes lunettes très noires. J'ai la sensation qu'il est pour elles inexplicable. Elles ne sont pas vraiment agacées, mais elles se retournent souvent sur moi une fois qu'elles sont descendues dans la rue et que l'autobus a redémarré, que nous sommes de nouveau inapprochables. J'hésite à leur parler, peur de passer pour un fou, un dragueur lourd. Je regarde leurs bras, leurs épaules, leurs jambes, leurs genoux, je repense à ce plan du film d'Almodovar que j'ai vu il y a trois jours, un gros plan de chatte d'une femme couchée à qui on va faire l'amour. Corinne, qui est une jeune fille charmante, nous a demandé, l'autre soir, à Anna et à moi : « Vous savez comment maintenant on appelle le sexe de la femme ? Gazon maudit. » Anna a été horrifiée. Si c'était un pédé qui avait fait la blague, je l'aurais été moi-même, mais comme Corinne est cette jeune femme délicieuse que j'apprécie, j'ai aussi apprécié son bon ou mauvais mot, comme elle l'avait apprécié elle-même, puisqu'elle le répétait. Je repense au gros plan du film d'Almodovar, et je me demande si moi aussi, un jour, comme tout le monde ou presque, je brouterai le gazon maudit.

C'est le DDI du danseur mort, avec le Prozac, qui écrit mon livre, à ma place. Ce sont ces 335 milligrammes de poudre blanche fabriquée à Ickenham, Middlesex, en Angleterre, et cette gélule quotidienne de 20 milligrammes de Fluoxétine Chlorhydrate qui me redonnent la force de vivre, d'espérer ; de bander, de bander pour la vie, et d'écrire. Quelqu'un d'autre, un peintre ou un épicier à qui on donnerait ces doses de DDI et de Prozac ne se mettrait sans doute pas à écrire, et le peintre ne peindrait peut-être pas, contrairement à l'épicier, mais tout de même ça me fait quelque chose de savoir que ce sont des substances chimiques qui écrivent un livre. Je n'ai jamais écrit aucun livre sous influence chimique, rien que des notations hagardes et bêtasses dans mon journal, titubantes, à peine lisibles, sous l'emprise d'un excès d'ivresse, ou de quelque herbe trop forte : bon à jeter, nullissime. Je n'ai pas l'impression de ne plus être moi-même, ni d'être sorti de moi-même, ni d'être devenu un autre. Je suis le même qui pense pareil et qui l'écrit, auquel le médicament jusqu'à nouvel

ordre donne l'énergie physique et morale de le faire
Heureusement je n'ai pas signé de consigne de silence
dans le protocole DDI. Sous le sceau du secret et du
vin, il y a peut-être quinze ans, Téo m'a avoué un soir
que parfois, et c'était horrible pour lui, il n'avait pas
l'impression que c'était lui l'auteur de ces spectacles
que j'admirais tellement, mais les amphétamines dont
il se gavait au moment des répétitions, afin de crever
de travail ses collaborateurs qui n'en prenaient pas, et
de pouvoir passer à leurs yeux pour un dieu et un
génie. Je soupçonne que les spectacles de Téo ont été
moins inspirés le jour où il a cessé de prendre des
amphétamines. David a écrit trois livres : un sous
cocaïne, un sous héroïne, un sous cannabis. Les
confiscations de drogue sont de plus en plus massives
dans les journaux, le prix de la poudre est monté,
David n'écrit plus. Stéphane dit qu'il n'y a pas de
scandale DDI et le docteur Nacier dit qu'il y en a un.
Stéphane dit que le DDI n'est pas un traitement mais
une expérimentation de traitement, qu'il ne faut pas
recommencer ici les bêtises qui ont été faites aux
Etats-Unis aux débuts de l'AZT, quand les malades
se jetaient sur ce produit qu'ils se procuraient au
marché noir et engloutissaient des doses si impor-
tantes qu'ils en crevaient. Il prétend qu'il n'y a que
trois mois de retard entre les expérimentations qui
sont menées aux Etats-Unis et celles qui sont menées
en France. Il dit qu'on ne connaît pas encore bien les
doses de DDI qu'on doit prescrire selon l'état d'avan-
cement de la maladie, et qu'il se pourrait très bien

qu'on interrompe d'une semaine à l'autre, pour cause de haute toxicité, l'expérimentation et la délivrance du produit. Il dit que la situation est catastrophique aux Etats-Unis, et que c'est pour cela que les happenings de l'association Act-Up ont un sens là-bas, alors que ce sont des clowneries en France : pour être correctement soigné en Amérique, prétend Stéphane, il faut être un pédé blanc, bon teint et friqué. Pas toxico, parce qu'ils mélangent les produits avec des substances qui brouillent les expérimentations. Pas noir, parce qu'ils sont pauvres et donc mal nourris et amaigris, versatiles, danseurs de rap tête en l'air, et qu'ils viennent aux rendez-vous une fois sur deux. Un journal médical m'a reproché, à la suite d'une interview, de faire de l'antiaméricanisme primaire : que tout était fait où que ce soit pour tenter de sauver les malades. Je dirais que le docteur Chandi, que Claudette, que le grand professeur Stifer font effectivement tout et peut-être trop, je n'en doute à aucun instant, pour m'aider à m'en tirer. Mais je ne sais que trop, de sources sûres qui me parviennent des plus hauts niveaux, que le sida est pris dans une chaîne de mensonges. Par exemple pour l'expérimentation de la substance immunogène de Melvil Mockney : au congrès de San Francisco, on a exposé les premiers résultats en disant que le vaccin avait été testé sur des chimpanzés, puis sur quelque soixante personnes, depuis un an, alors que je sais que ce produit a été injecté depuis trois années, en toute innocuité mais sans effet patent car apparemment on ne s'est pas donné les moyens de mener efficacement l'expérimentation, sur des centaines et des centaines de malades à qui on a fait signer des décharges et des promesses de silence. Les six cents marins infectés de la base de San Diego ont été injectés en double aveugle, avec un placebo pour 50 % d'entre eux. Sept cents malades attendent sur une liste d'attente, à Los Angeles, d'être injectés. Et, en France, le Comité d'éthique pour le sida refuse l'expérimentation parce que les magnats du laboratoire qui ont acheté le brevet, à cause de luttes d'influence entre Paris et Lyon, ont exposé le projet d'une façon si molle que le Comité d'éthique a décrété qu'il fallait tout recommencer à zéro, avec des chimpanzés. Les gens crèvent, mais on continue de nous parler de singes. Le docteur Nacier, qui m'a prié de lui céder les doses d'AZT qui me restaient parce qu'il est lui-même malade et qu'il a été enregistré sous un faux nom à l'hôpital où il soigne, et que cela pose des problèmes avec la pharmacie en période de vacances, dit que la rétention effective du DDI pour certains malades est un vrai scandale. Le docteur Nacier ajoute : que les services hospitaliers sont fermés après les heures de bureau et le week-end, qu'on ne prend absolument pas en compte le travail des gens et leurs horaires, qu'une infirmière est payée six mille francs, un médecin débutant huit mille francs, « Ta Claudette, m'a-t-il dit alors, doit être payée dans les douze mille francs », et le grand professeur Stifer dix-sept mille francs, que tout ça ne

102

va pas, et qu'il va falloir réussir à le faire changer. Un peu de fièvre ce soir, des crampes dans les jambes, de nouveau l'inquiétude. C'est quand ce que j'écris prend la forme d'un journal que j'ai la plus grande impression de fiction.

J'ai maintenant peur de la sexualité, en dehors de tous les empêchements liés au virus, comme on a peur du vide, de l'abîme, de la souffrance, du vertige. Je continue à avoir des émotions esthétiques, ou érotiques, dans la rue, en croisant de jeunes garçons, mais l'éventualité de la sexualité me semble ou impossible ou intolérable. J'ai peur de salir un jeune garçon, et j'ai peur qu'un homme ne me meurtrisse. Cette attirance pour des garçons de plus en plus jeunes était un problème avant la survenance du sida. Marc Aurèle, dans ses *Pensées*, me rappelait Georges, rend hommage à son grand-père, qui lui a appris qu' « il est un âge où l'on doit se défaire des plaisirs accordés par les jeunes garçons ». Ai-je atteint cet âge ? Ça dépend peut-être si j'ai trente-cinq ans comme sur mon passeport, ou quatre-vingts ans comme dans mon corps. Peut-être cette maxime du grand-père de Marc Aurèle est-elle une imbécillité. Mais Georges, qui devait alors atteindre soixante ans, et qui avait été toute sa vie un amateur de jeunes garçons, la reprenait à son compte pour expliquer sa décision de

« retraite ». Sa graisse, me disait-il il y a cinq ans, lui répugnait près de la chair vive et ferme d'un jeune garçon. « Si on est encore maigre, m'a-t-il dit, ça peut être assez beau, comme un squelette qui tend la main. » Le squelette que je suis devenu n'a pas le courage apparemment de se réchauffer aux jeunes garçons, et il n'en est pas fier du tout.

Je manque tellement de chair sur mes propres os, dans mon ventre puisque je ne mange plus ni viande ni poisson depuis des mois, sur ma langue et sous mes doigts, dans mon cul et dans ma bouche ce vide que je n'ai plus envie de combler, que je deviendrais volontiers cannibale. Quand je vois le beau corps dénudé charnu d'un ouvrier sur un chantier, je n'aurais pas seulement envie de lécher, mais de mordre, de bouffer, de croquer, de mastiquer, d'avaler. Je ne découperais pas à la mode japonaise un de ces ouvriers pour le tasser dans mon congélateur, je voudrais manger la chair crue et vibrante, chaude, douce et infecte.

Claire m'a raconté les dernières semaines de Bruno, qui est mort du sida. Il s'est fâché avec l'être qu'il avait sans doute le plus aimé dans sa vie, un acteur noir. Il était parti avec lui pour un long voyage, à Mexico, Acapulco, puis Guatemala City, retrouver une cité lacustre où il avait vécu une histoire qu'il n'avait jamais racontée à personne. La plupart des malades, à leur dernière extrémité, entreprennent comme ça un voyage, le plus loin possible, que leurs médecins leur déconseillent formellement vu leur état, qu'ils font quand même, pour pouvoir ensuite reprocher à leurs médecins de ne pas les avoir empêchés de partir. Ou alors, en s'en tenant au surplace, ils deviennent croyants. Mais c'est le même départ. Bruno s'est engueulé, pour une raison qu'on ne connaît pas, avec son ami noir, l'être qu'il aimait le plus au monde, dès les premiers jours du voyage, à Mexico, ils se sont séparés, et Bruno est parti seul pour Acapulco malgré son état. A la douane américaine, on l'a fouillé, on a trouvé l'AZT dans son bagage, on l'a mis en quarantaine. Il a finalement atteint Guatemala City, mais il était trop faible pour aller à la recherche de cette cité lacustre dont il avait voulu absolument retrouver le paysage avant sa mort, il est rentré à Paris. Claire, qui venait d'obtenir une bourse pour écrire un film, la lui a proposée. Ils se sont mis d'accord sur un scénario, qui n'a finalement jamais été écrit, sur la contrebande de l'ivoire en Afrique, et sont allés l'écrire ensemble à Lisbonne. Ils avaient chacun une chambre dans l'hôtel *Senhora do Monte*, où j'avais passé avec Jules, en décembre 1988, des jours d'enfer, et où j'avais pensé situer le livre qui aurait dû suivre *A l'ami qui ne m'a pas sauvé la vie*, qui se serait appelé *La Mort de Gaspar*. Je craignais une attaque cérébrale, j'avais dit à Jules : « Si ça m'arrive voilà ce que tu dois faire, voilà les téléphones de mon médecin à Paris, et mon numéro d'abonnement à Europ Assistance. » Jules m'avait rétorqué : « Je n'appellerai personne, je te laisserai tomber dans le coma, et je ne ferai rien, pour que tu crèves le plus vite possible. » Cette idée des deux amis dans cette chambre d'hôtel de Lisbonne, avec cette vue sublime sur le port, l'un bien portant, l'autre dans le coma qui continue à avoir quelques réflexes moteurs, à parler, à manger, à faire certains gestes, me paraissait fantastiquement romanesque. J'ai posé des questions au docteur Chandi, en prenant des notes, sur le coma, et je suis allé plusieurs fois à la librairie de la rue de l'Ecole-de-Médecine pour compulser un très gros livre qui s'appelait *Coma et stupeur*, mais chaque fois son épaisseur, son jargon et son prix finissaient par me rebuter, j'ai malheureusement abandonné ce projet de livre qui aurait peut-être été beau. Bruno se faisait lui-même des piqûres de morphine, avec cette petite seringue et cette aiguille courte avec lesquelles on m'a injecté le Valium pour la fibroscopie. Ni Bruno ni Claire n'arrivaient à écrire le film, Bruno voulait écrire les dialogues et que Claire écrive le schéma des scènes, mais ça ne fonctionnait pas. Là-dessus la mère et le frère de Bruno ont rappliqué à Lisbonne, dans le même hôtel. La mère, une furie, s'est mise à éplucher les comptes d'auteur de Bruno, et à lui reprocher d'avoir dépensé un argent fou avec ce voyage absurde et inutile à Guatemala City. Pour échapper à la mère et au frère qui les harcelaient, Bruno et Claire avaient pris l'habitude de se retrouver à six heures du matin, pour prendre leur petit déjeuner sur la terrasse panoramique de l'hôtel *Senhora do Monte*. Mais la mère et le frère ont rappliqué à leur tour à six heures du matin sur la terrasse. Claire n'en pouvait plus, elle partait marcher seule dans la ville, et commença à rêver à un tout autre film. J'ai appris la mort de Bruno en achetant le journal, je ne savais pas qu'il était malade. Il est mort le même jour que l'assassin des vieilles dames, Thierry Paulin, qui, a-t-il dit, avait décrété qu'il tuerait, violerait et torturerait le plus grand nombre possible de vieilles femmes le jour où il avait appris, à l'âge de vingt ans, qu'il était atteint du sida. Sa série de meurtres était sa course à lui contre la mort.

Mes munitions s'épuisent. Quand Jules a déposé au pied de mon lit, à quatre heures du matin, le sac en plastique bourré de DDI du danseur qui était mort la veille ou le matin même, il m'a dit : « Il y en a pour trois semaines. » J'ai compté les sachets qui avaient été retirés de leur boîte d'origine pour brouiller la piste au cas où, de même que le numéro de code du protocole avait été gratté : il y en avait exactement quarante-deux. Le traitement du danseur, sa dernière carte, a dû être interrompu, dès la première semaine, alors que son ami médecin s'était démené pour le faire entrer dans un protocole, le protocole du désespoir. Mais le danseur mort n'a pas réussi à avaler plus d'une semaine ce breuvage infect, il ne pouvait plus rien ingérer, ni nourriture ni boisson, sa bouche et son œsophage étaient tapissés de lésions, il avait des sondes dans le nez qui l'alimentaient artificiellement. Son ami médecin l'a poussé dans le coma, puis il s'est rendu à ce rendez-vous avec Loïc, avec les munitions de DDI, et Loïc a appelé Jules chez Anna pour lui fixer cet autre rendez-vous, à minuit, au *Scorpio*. Lionel, l'ami médecin du danseur, savait qu'il risquait gros, spécialement avec moi. En même temps il était au bout de tout, à la toute fin, angoissé et soulagé, de cette lutte de trois ans qu'il avait menée auprès de ce splendide danseur qui avait commencé à dépérir lorsqu'il en était tombé amoureux. Jules n'a pas cessé de mentir et de se couper auprès de moi, à la fois pour protéger Lionel, et pour atténuer ma peur presque superstitieuse de voler le produit destiné à l'agonisant : il a rusé avec la date de sa mort, le moment où il est tombé dans le coma et celui où on l'a incinéré, il n'a pas cessé de décaler ces repères, jusqu'à me rendre cette transaction complètement incompréhensible. Aujourd'hui, samedi 21 juillet, je n'ai plus que vingt-quatre sachets pleins dans ma boîte, je les compte et les recompte sans cesse, et le compte est bon, malheureusement : j'ai commencé à prendre le DDI le lundi 2 juillet au soir, j'en ai consommé à ce jour trente-huit paquets, et officiellement je n'ai commencé le traitement que le 9 juillet. Les prises de sang faites le 9 juillet et l'analyse d'urine ne m'ont pas trahi. Claudette Dumouchel n'en a rien su.

Samedi vers 16 heures, à l'arrêt du 58 à Montpar
nasse, j'ai vu un homme mourir d'une crise cardiaque
sous mes yeux. J'avais bourlingué tout l'après-midi, les
deux petits tableaux que je venais d'acheter enve-
loppés dans du papier bulle étaient invisibles dans leur
emballage. Je crois qu'il faisait plus de 40 degrés.
J'étais juste dans le champ de vision de l'homme qui
suffoquait, qui étouffait, en se serrant de plus en plus
fort le côté gauche, avec une main qui avait déjà une
rigidité cadavérique, comme si elle ne se décroquevil-
lerait plus du cœur sur lequel elle pressait. J'avais
d'abord remarqué quelque chose d'anormal dans le
comportement de cet homme, se trouvant à une
distance que j'estimerais entre cinq et dix mètres,
adossé à un pilastre de faux marbre. Quand je me suis
aperçu qu'il était en train de mourir, j'ai été paralysé,
sidéré sur place, changé en pierre, incapable de faire
un pas vers lui, incapable de faire un mouvement de la
pensée, de prendre une décision, tétanisé, pis qu'ino-
pérant. Cette paralysie, qui m'a semblé durer un
temps atroce, n'a dû durer que trente secondes. Je

pensais juste : je suis exactement dans le champ de vision de cet homme qui est en train de mourir, avec mes lunettes noires, mon corps décharné, mon sac avec les tableaux de la femme nue et la nature morte miniature, et d'ailleurs il me regarde en écrasant son cœur et en aspirant l'air de plus en plus difficilement, et je ne fais pas un pas vers lui. Je venais de dire au marchand de tableaux : « Et puis je suis heureux que ce soit une femme. C'est mon premier tableau de femme. » A la paralysie a succédé l'hésitation : dois-je courir vers cet homme ? Ou courir dans un café pour téléphoner aux pompiers ? Est-ce à moi de faire quelque chose dans l'état où je suis ? Il y a tant de monde autour de nous qui voit la même chose que moi. La paralysie, infinie, a dû durer à peine dix secondes, et l'hésitation aussi peu. Elle a été suspendue par l'intervention d'un vieil homme, qui a retiré la sacoche d'entre la main de l'homme qui suffoquait et s'est mis à l'éventer avec. L'homme étouffait de plus en plus, serrait de plus en plus fort son poing sur son cœur. L'autobus arrivait. L'homme s'est lentement laissé écrouler contre le pilastre de faux marbre, et s'est retrouvé assis par terre. En montant dans l'autobus, j'ai crié au chauffeur : « Appelez tout de suite une ambulance avec votre téléphone, il y a quelqu'un qui est en train de mourir à l'arrêt. » Le chauffeur a immédiatement fait le numéro : « Merde, c'est occupé, a-t-il dit, je le refais. » J'avais encore mon badge de tête de mort, avec son chapeau bleu et ses lunettes, sur le revers de ma veste de lin vert amande : un passager de l'autobus m'avait visiblement reconnu, et ça le faisait sourire que je joue moi aussi mes ambulanciers. Par la vitre de l'autobus qui redémarrait, en me retournant, j'ai eu le temps de discerner que le vieil homme qui avait éventé l'homme suffoquant s'éclipsait avec sa sacoche.

Dimanche 22 juillet, dix heures trente, avec le masseur j'ai commencé à expérimenter la vidéo. Je ne me fais plus photographier depuis deux ans, et je ne me suis jamais laissé prendre nu, Gorka me l'avait proposé, Jules aussi, et Gustave, j'ai toujours refusé. Là, je suis nu entre les mains du masseur, et ça filme. La nudité est devenue autre chose, elle est asexuelle, le sexe n'a désormais pas plus de valeur qu'un doigt, ou les cheveux. J'ai cherché un bon angle en posant le caméscope sur son pied, j'ai appuyé sur le bouton rouge, vérifié qu'il y avait bien « Record » dans le viseur, et suis allé m'étendre à plat ventre sur la table de massage, la tête tournée vers la bibliothèque, donc cachée à l'objectif. A peine ai-je commencé cette expérience que je pense : de toute façon je suis libre de tout détruire, de tout effacer, tout ça m'appartient, je n'ai rien signé avec la productrice, elle ne possède même pas un mot écrit de ma main concernant notre projet, alors que moi je détiens sa lettre où elle m'expose sa proposition, et celle où elle me la rappelle, son brouillon de contrat, sa carte postale des Bahamas.

Le masseur se frotte les mains avant d'attaquer son travail, je lui ai à peine demandé s'il acceptait, tout va toujours de soi entre nous, il a suffi de dire : « Ça ne vous gêne pas trop que je filme la séance ? » Lui est en blouse des Hôpitaux de Paris, moi nu comme un ver, je filme cette nudité décharnée, touchante et effrayante à la fois, pour quoi faire ? Le masseur effleure mon dos, le pétrit, attaque la zone contractée par la position assise de l'écriture. S'il vient de l'autre côté de la table pour être plus à sa main, il se présente de dos à la caméra, pensai-je, et peut-être me cache-t-il, peut-être, pensai-je encore, l'effet de cache est-il intéressant à l'image. Quand le masseur tourne le dos à l'appareil, je tourne ma tête vers lui, comme je le fais naturellement en alternance pour éviter les crampes, comme ça il reste au moins un visage visible, même écrasé contre l'oreiller comme celui d'un corps qui se fait prendre. Il ne faut pas oublier la caméra, d'ailleurs ce n'est guère possible, mais il faut jouer à l'oublier. Au travail du masseur et à notre labeur commun se superpose ou se sous-perpose le travail du film en train de se tourner, et dont nous sommes indéniablement les deux acteurs, des acteurs amateurs pleins de génie. Un orgue de Barbarie vient jouer sous mes fenêtres, cadeau du hasard, il faudra peut-être le supprimer au mixage, il aurait l'air par trop calqué sur la bande-son, dommage. Comme d'habitude on ne se parle pas. Au bout de quarante-cinq minutes, nous avons perçu le bruit de la cassette qui s'arrêtait d'enregistrer. Le masseur m'a aidé à me relever, j'ai agrippé son cou, Claudette

Dumouchel ne veut pas de ça, elle me laisse me débrouiller tout seul sans me regarder, et si par hasard son regard tombe sur ma petite gymnastique qui consiste à attraper le dessous de mes cuisses pour envoyer mes jambes en l'air et faire balancier afin de me redresser, elle a un petit mot ironique, du genre : « Tiens, la méthode Guibert. » Au viseur je cherche un nouvel angle de vue, après avoir mis une cassette neuve dans l'appareil, pour la seconde partie du massage, les bras et les jambes, malaxés et tannés jusqu'à ce que leurs fibres éteintes se réveillent. C'est le masseur qui trouvera l'angle adéquat pour la troisième prise, le massage de la tête, c'est peut-être la manipulation la plus cinglée, j'ai l'impression d'être en lévitation et que mon crâne respire, je m'endors, je bande, je m'oublie, j'ai le fou rire, je perds toute notion du temps, j'ai peur que ma sœur n'arrive sur ces entrefaites, je pense : je n'aurai qu'à dire au masseur : « Dites à ma sœur à l'interphone que j'arrive tout de suite, qu'elle m'attende en bas », ce sera drôle, et un bon enchaînement pour l'interview de ma sœur. Mais à peine ai-je arrêté la caméra que l'interphone résonne. Le hasard joue toujours pour nous et contre nous. J'ai congédié le masseur, je lui dis : « Je crois que nous venons de tourner un des documentaires les plus bizarres qui soient. » Je prends vite une douche et rejoins ma sœur dans la voiture, j'ai glissé la caméra dans un sac en plastique, excité comme une puce à l'idée de filmer une interview de Suzanne, qui a quatre-vingt-quinze ans, et de Louise, qui en a quatre-vingt-cinq, une interview sur le sida. Je trouve Suzanne dans l'appartement obscur, les persiennes tirées à cause de la très grande chaleur, renversée dans son fauteuil inclinable avec sa poche d'urine à ses pieds, presque inconsciente et gémissante, accompagnée par le lamento de l'aide-ménagère polonaise qui ne cesse de dire : « Chaleur. Trop chaud. Fatiguée madame. Très fatiguée chaleur. » Mais surtout, depuis l'entrée où je suis en train de camoufler ma caméra, je découvre que Suzanne, pour la première fois, est nue sous une veste de pyjama bleu pâle déboutonnée, écartée sur le bas par ce ventre énorme et irréel, gonflé d'eau ou de mort, de vents, de ballons, que m'avait décrit Louise comme une chose cauchemardesque à son réveil. Suzanne arrachait les vêtements de sa peau. J'avais toujours rêvé de la voir nue. Elle restait belle. Mon regard, depuis l'entrée, opéra un zoom avant sur la chair du décolleté entre les deux seins couverts par la veste de pyjama. Mais si le regard opérait naturellement ce zoom avant, fallait-il le décalquer tout de suite avec le caméscope, ou bien attendre le moment d'une reconstitution, où se superposeraient deux émotions et deux tempos différents ? En laissant la caméra dans son sac sous la peau de panthère du fauteuil de bureau, j'allai de ce pas caresser cet interstice de chair si douce, sous les yeux de l'aide-ménagère polonaise, entre les deux seins de ma grand-tante. Une chair jeune et érotique malgré ses quatre-vingt-quinze ans. Je n'ai aucun dégoût pour cette chair parfois flasque de très vieille femme, mais au contraire une très grande tendresse proche de l'attirance, une attirance joyeuse, pas vicieuse. Suzanne doit sentir que je tire autant de plaisir qu'elle à frotter mon nez contre le sien pour notre baiser esquimau, depuis que nous ne pouvons plus nous parler, à caresser son front d'un geste répété à l'attache des cheveux, à serrer sa main dans la mienne, nous sommes deux malades mourants qui cherchons encore un peu de volupté sur cette terre avant de nous retrouver en enfer. Suzanne me dit : « C'est bon une main. C'est si bon que je n'arrive pas à me souvenir de ce que j'avais avant d'avoir cette main-là, mais certainement pas une main aussi douce. » Je monte trouver Louise, lui explique ma proposition, elle fait mine de râler : « Tu nous avais fichu la paix pendant une bonne dizaine d'années après nous avoir bien fait suer avec tes photos. » Elle ajoute pour ma sœur : « Tu aurais vu ça, il fallait lui mettre une robe comme ça et une chemise de nuit comme ci, et surtout ne pas sourire, oh quel cinéma, au moins cette fois ça en sera du vrai pour de bon, mais fais vite, j'ai mal dans le dos. » Jo met l'appareil en marche. Je demande à Louise depuis quand elle sait que j'ai le sida. « Depuis plusieurs années, répond-elle, quand tu t'es mis à regarder nos verres sur la table avec inquiétude, comme si tu avais peur qu'ils se mélangent, à l'époque on ne savait pas trop comment ça s'attrapait ce machin-là. » Louise dit que le sida est un microbe, qu'on va trouver comment le zigouiller, mais qu'un autre apparaîtra tout aussitôt. Elle raconte sa souffrance, le dos, le corset, le mal comme moi à se

119

lever et à se coucher. Elle proteste quand je parle de suicide, elle me dit : « Ah non, je serais vraiment désolée si tu te suicidais, je serais trop triste, je t'aime, figure-toi. » Elle ne me l'a jamais dit, mais l'intercession de la caméra qui tourne lui permet de le dire, c'est incroyable. Ma sœur a refusé que je la filme, j'en suis presque soulagé. Je vais faire le plan avec Suzanne. Elle semble complètement lucide au début. Elle dit qu'elle sait que j'ai le sida depuis que je le lui ai appris, dès que je l'ai su, mais qu'elle n'en a pas parlé à sa sœur comme je lui avais demandé, elle dira ensuite qu'elle l'a appris en faisant les mots croisés. Elle dit que je vais m'en sortir, qu'il le faut, qu'il ne faut jamais perdre l'espoir, ni la curiosité de la vie, que la mort est bien sûr tentante et obnubilante mais que la vie doit reprendre le dessus. Quand je vérifie dans le viseur que ça tourne correctement, je m'aperçois que je n'ai rien enregistré : il n'y a pas inscrit « Record », encore une fois j'ai commis une image fantôme, celle de Suzanne enfin dénudée qui me disait ces mots d'amour extraordinaires, un chef-d'œuvre *invisible*.

Je n'ai pas emporté le caméscope pour mon rendez-vous avec Claudette ce matin. J'aurais pu le dissimuler dans un sac Fnac, en branchant sur batterie, et en le sortant si les choses se présentaient bien. Mais je n'avais pas envie de mettre ce machin entre nous. C'est encore trop tôt, il faut laisser la relation se bâtir toute seule sur les regards et les paroles, à deux, de vive voix, ensemble. Il faut continuer de l'inventer. Je crois que j'aime de plus en plus Claudette. Elle fait toujours semblant de ne pas me voir quand elle débouche en coup de vent, un dossier kraft sous le bras et son stéthoscope comme un collier, en glissant sur ses chaussons de velours beige à losanges noirs et blancs (la description s'affine), marche la tête baissée et, en passant près de moi, me chuchote sans me regarder : « Bonjour monsieur Guibert. » J'ai répondu ce matin : « Bonjour mademoiselle. » Pantalon bleu. Elle était penchée sur le guichet. J'ai encore essayé de voir sa chair ou d'en penser quelque chose, mais ça m'intéressait moins que la dernière fois. J'avais mal dans la jambe gauche et dans la cuisse gauche et j'avais à côté

121

de moi un homme apparemment vieux, ployé par l'épuisement, avec deux belles cannes en bois, j'ai pensé : « C'est une canne comme ça qu'il faudrait avoir, en bois brut de campagne, pas de pommeau d'argent de dandy. » Je n'avais pas mis mon badge avec la tête de mort aux lunettes noires et au chapeau bleu. J'aime bien faire arriver du bleu dans un récit, même si ça crée une répétition à dix lignes de distance. Après l'homme aux cannes se trouvait un homme avec une béquille. Et puis le plus cadavre de la dernière fois est passé avec un pantalon de jogging, hagard et titubant, en tirant sur roulettes deux flacons de perfusion, au passage j'ai essayé de lire un nom sur une des deux étiquettes, c'était du glucose. Chaque fois c'est de moi-même que je suis le voyeur, le documentariste. Je ne me nourris plus que de lait concentré survitaminé en brik, de potages de légumes, d'œufs coque, de muesli, de melon, d'huîtres et de framboises, de poissons crus. Je suis entré dans la salle des prises de sang, Claudette avait fixé le rendez-vous à midi, ce n'est plus l'heure des prises de sang, la salle était remplie de suceurs de tuyaux en plastique transparent, avec le sifflement de l'aérosol qui diffusait la Pentadimine dans leurs bronches. L'un avait les yeux révulsés par les tranquillisants, un autre était pimpant, frisotté et bavard. Un spectacle hallucinant, tous ces suceurs. Jeanne n'était pas là, j'ai demandé à une des infirmières si mon ordonnance était prête, Claudette fait tout comme il faut. Je lui ai dit : « C'est vous qui allez me faire la prise ? », elle m'a répondu avec frayeur :

« Pourquoi ? Vous ne voulez pas ? » J'ai l'impression que Jeanne évite maintenant de me piquer, elle est revenue dans la salle au moment où l'aiguille s'enfonçait, et m'a tenu la jambe sur le thème des vacances pour que je ne regarde pas. Je n'aime pas trop les infirmières qui vous disent avant de piquer : « Vous avez de bonnes veines ? », et qui tapotent, et qui resserrent plus fort le garrot, et qui enfoncent trop doucement, trop lentement. Je suis allé porter moi-même le sachet avec tout mon sang en hémato, j'aimerais manier parfaitement le jargon des médecins, c'est comme un truc codé, ça me donne l'illusion vis-à-vis d'eux de ne pas être le gosse devant lequel on parle anglais pour les histoires de cul. J'aime le langage fluide, presque parlé, et j'aime maintenant porter mon sang alors qu'auparavant je serais tombé dans les pommes, j'aurais eu les genoux coupés. J'aime que ça passe le plus directement possible entre ma pensée et la vôtre, que le style n'empêche pas la transfusion. Est-ce que vous supportez un récit avec autant de sang ? Est-ce que ça vous excite ? Vincent m'a dit : « Forcément, ton livre a du succès, les gens aiment le malheur des autres. » Maintenant j'aime les livres pleins de sang, il faudrait que ça coule en rigoles, que ça fasse des nappes, des lacs, des piscines, que ça inonde le texte. Robin est en train de faire une série de photos qu'il appelle « Les Sacrifices ». Il asperge de jus de coquelicot des montagnes entières, des falaises, la mer, le ciel, il fait couler le sang à flots dans le paysage de la Provence, après avoir étudié pendant des mois une couleur illusoire. Ça n'a servi strictement à rien que j'aille en hémato, sauf pour la curiosité ; le petit coursier noir avec la boucle d'oreille fait la navette entre les services en courant et en sautant, en bondissant sur les rambardes, en marchant sur les mains, en tenant en équilibre sur sa tête de négrillon ces hectolitres de sang infecté par le virus HIV. Et puis les résultats sont envoyés par fax, voilà un autre genre de jargon que j'aime aussi manier : les mots des nouveaux outils, qui n'existaient pas dans des livres écrits dix ans plus tôt. La bonne femme de l'hémato était à peine aimable, elle m'a dit : « Laissez ça sur le comptoir et partez, oui, on a l'habitude. » J'attendais que Claudette remonte du sous-sol avec son dernier client sur un des fauteuils défoncés et trop bas dont j'ai du mal à me relever sans canne et sans béquille. Le chef de service est passé, et m'a glissé : « Alors ça va mieux ? » Au courant de tout. Je suis sorti pour prendre l'air, et caler mon corps dans l'angle de la balustrade, il y avait à l'ombre un petit vent délicieux, au prix du ridicule j'ai commencé à faire mes exercices pour les jambes, les pointes, les flexions, puis les flexions sur les pointes, en guettant dans la vitre les silhouettes en blouses blanches qui passaient derrière, des dizaines de silhouettes en blouses blanches que maintenant j'identifie au premier coup d'œil : l'Indien à barbichette, l'Iranien fuyant, le grand Irlandais benêt, des gens que je ne connaîtrai jamais. La fenêtre de la pharmacie était ouverte à cause de la chaleur, j'ai lu des noms de produits sur les étagères, et je me suis demandé par où un toxico passerait pour casser cette fenêtre fermée. Je m'intéresse beaucoup aux toxicos. Je voudrais connaître le flash avant de mourir, le flash avec Vincent. Claudette est repassée avec son client, je n'aime pas les clients de Claudette et ils ne m'aiment pas, forcément. Il ne faut pas qu'elle soit plus aimable avec l'un qu'avec l'autre, sinon c'est la guerre. Claudette m'a fait son petit signe de l'index pour la suivre. Claudette est le médecin le plus ponctuel du service. Il y a des problèmes avec le genre de certains noms : médecin, seulement masculin, comment accorder ponctuel ? Claudette n'est-elle pas un peu masculine ? Je ne m'en rends pas compte, je ne trouve pas. L'examen de Claudette s'est passé exactement de la même façon, à quelques variantes près, que la dernière fois. Je lui ai demandé si ça ne la gonflait pas, de répéter toujours les mêmes manipulations du matin au soir, j'ai choisi exprès le mot gonfler, elle me dit bien : « Est-ce que ça vous fait mal quand vous pissez ? » Elle me touche, tout recommence, je suis presque heureux, je ne peux pas savoir, entre la compassion et le dégoût, ou quelque chose d'aussi détaché qu'un examen l'est parfois pour moi, ou autre chose que je ne saurai jamais. Mon père avait raison, j'aurais dû devenir médecin de province, marié à une Claudette ; il va me croire par-dessus le marché, et s'effondrer en larmes. Dans sa dernière lettre il me dit qu'il pleure en écrivant. Claudette dit que j'ai plus de force dans les membres inférieurs, mais que ce n'est pas encore sensationnel dans les membres supérieurs, elle me soupçonne d'exagérer ma faiblesse. Pour le test du pouce du pied qui m'avait tant ému la dernière fois, elle a peut-être dû le sentir, car elle ne m'a pas proposé de dire : « Vers vous — vers moi » puis simplement « vous — moi — vous — vous — moi — moi — moi », comme une incantation amoureuse, mais simplement « en avant en arrière », simplifié par la vitesse de la manipulation en avant-arrière. Je m'y suis soumis. J'étais déçu. Ce n'était plus grand-chose. Pour le pouce gauche j'ai repris sur moi de redire : « Vous — moi — vous — moi. » Sans commentaire, je l'ai regretté ensuite. J'ai hésité, après l'examen, à lui avouer que j'avais changé deux fois de sous-vêtements, malgré la difficulté de mes gestes en m'habillant, à la fois pour qu'ils soient jolis, pas trop risibles, commodes pour l'examen, et qu'elle puisse aisément soulever l'élastique de mon slip. Heureusement j'ai fermé mon bec, je me serais peut-être cru obligé ensuite, bêtement, de changer de médecin. C'est bien que j'aie pu changer sans rupture de médecin, je retrouverai peut-être Chandi plus tard, pour l'agonie, mais nous étions un peu essoufflés dans nos modes d'intensité. Claudette m'a demandé si je ressentais des troubles de concentration, de mémoire. « De concentration, je ne crois pas, lui ai-je dit, parce que je retravaille bien en ce moment ; de mémoire, pas très spectaculaires à mon sens, mais j'ai l'impression qu'il m'arrive de plus en plus de dire un mot à la place de l'autre. » Elle me dit : « Alors, on va faire un petit examen : dites-moi à l'envers les chiffres de 20 à 0. » Ça va, dix sur dix.

« Dites-moi maintenant les mois de l'année à l'envers. » Très bien, dix sur dix aussi. « Maintenant je vais vous dire : monsieur Jean Coignet, 47 rue de la Grande-Halle-au-Vin à Bordeaux », je l'ai immédiatement répété. Mais cinq minutes plus tard elle m'a demandé : « Redites-moi un peu le nom et l'adresse de ce monsieur ? » J'ai dit : « Impossible. Bordeaux. Rue Jean-Moulin ? — Six sur dix », a-t-elle dit. Claudette est ma nouvelle maîtresse. J'ai dit ensuite un truc du genre « le lait contient des boîtes », et je lui ai dit : « Ça c'est exactement le genre de trouble qui m'arrive, dire le réfrigérateur des Coca-Cola. » Claudette m'a donné l'autorisation de partir demain pour l'île d'Elbe, elle me manquera. J'ai immédiatement téléphoné pour faire éditer à l'agence les billets d'avion. Je vais sur l'île d'Elbe pour me déprendre de la vidéo, et écrire mon histoire d'amour avec Claudette. Demain je déjeune en principe avec le milliardaire américain, il doit passer me chercher avec son chauffeur. La petite marine d'Aïvasovski coûte cent trente mille francs, je l'ai appris ce soir au téléphone, et l'immense tableau du cavalier fougueux aperçu derrière les grilles d'une boutique de la place Colette coûte cinquante-neuf mille francs. Le cavalier des guerres napoléoniennes, m'a dit la marchande au téléphone, est une étude d'un plus grand tableau attribué à je ne sais qui. Les études sont souvent plus belles que les tableaux achevés, chiadés.

Jules m'a raconté que Lionel, le garçon qui lui a fourni le DDI du danseur, et qu'il a voulu protéger parce que c'est un médecin qui risque d'être radié du conseil de l'Ordre des médecins, comme il vient justement d'y avoir une condamnation de cette sorte pour une euthanasie au champagne et au gâteau au chocolat, est resté deux jours avec le corps de son ami, qu'il avait lui-même fait tomber dans le coma, sans couvrir son visage, couché sur leur lit, sans appeler comme il se doit le service de cryogénisation. Je n'ai jamais rencontré Lionel, mais je devrais le voir en principe le mois prochain, sur l'île d'Elbe. Il joue du piano. C'est lui qui a arraché sur les sachets de DDI les indications qui auraient pu faire retrouver sa trace. Il a juste dit qu'une femme de ménage les avait jetés par mégarde. Jules, qui m'appelle maintenant Bébé-Auschwitz, m'a dit que Lionel supportait très mal la mort de son ami, qu'il connaissait depuis trois ans seulement, et qu'il s'est mis à couvrir névrotiquement tous les murs de leur appartement de photos du danseur en exercice. J'ai dit à Jules : « Trois ans ce n'est pas beaucoup », il a répliqué : « Ça ne se mesure pas en temps. » Ça fait plus de quatorze ans que j'ai rencontré Jules.

Le sida m'a fait accomplir un voyage dans le temps, comme dans les contes que je lisais quand j'étais enfant. Par l'état de mon corps, décharné et affaibli comme celui d'un vieillard, je me suis projeté, sans que le monde bouge si vite autour de moi, en l'an 2050. En 1990 j'ai quatre-vingt-quinze ans, alors que je suis né en 1955. Une rotation s'est effectuée, un mouvement giratoire en accéléré, qui m'a plaqué comme une centrifugeuse de foire, et a broyé mes membres dans un mixer. Ça me rapproche de Suzanne, qui a elle-même quatre-vingt-quinze ans, ce serait comme un sort qu'elle m'aurait jeté pour que nous continuions à nous aimer malgré nos soixante ans de différence, et le point de décrochage de l'amitié causé par l'impotence et la défaillance cérébrale. Maintenant nous pouvons de nouveau nous comprendre et communiquer. Nous sommes presque pareils dans nos corps et dans nos pensées dans l'expérience du très grand âge. Nous sommes enfin devenus mari et femme. Et j'ai dépassé mes parents, ils sont devenus mes enfants. Je suis à la fois malheureux et heureux de connaître à l'intérieur de mon corps la condition du vieillard. Heureux de marcher comme un vieillard, de sortir d'un taxi comme un vieillard sous les regards des consommateurs de *La Coupole* en terrasse, de monter une marche comme un vieillard, de continuer à traverser la vie plus fragile que jamais, au bord de la chute dont on ne peut se relever seul. Chaque pas, chaque instant de solitude est un coup de dé sur le tableau du hasard. Je fonce la tête haute, le dos le plus droit possible malgré la fonte des muscles dorsaux qui a provoqué avec le tassement dû à l'écriture ce point à droite, je vacille dans les rues avec mes lunettes noires devenues trop grandes pour mon visage émacié, et je sens plein de bonté dans le regard des gens. Depuis le vendredi 13 juillet, le jour de la renaissance, où je me suis remis à vivre, grâce au DDI du danseur mort, tout en restant moi-même le cadavre ambulant que j'ai mis des mois à devenir, je ne pourrais pas dire que je suis devenu bon, mais j'ai cru comprendre le sens de la bonté, et sa nécessité absolue dans la vie. C'était le refrain de Robin, qui était en avance sur moi de par son âge, et que j'ai peut-être dépassé par l'expérience de la maladie et par ce zoom avant brutal à travers le temps. Quand il revenait à la charge avec ce thème de la bonté, j'avais l'impression de quelque chose de juste, d'évident, mais aussi de démodé, marqué par le mauvais pli de valeurs désuètes. Je ne voulais pas que Robin devienne l'abbé Pierre. Moi tout seul, maintenant, j'ai compris et appris la chanson de la bonté. David m'a dit l'autre jour que j'étais méchant, effroyablement méchant, avec un rictus de méchanceté sur son visage, et devant mon effarement, mes récusations et mon accablement il m'a dit : « Mais tu le sais tout de même, non, que tu es méchant ? Méchant comme un enfant. Tu connais quand même tes livres, n'est-ce pas ? » Mais moi je ne pense pas que mes livres soient méchants. Je sens bien qu'ils sont traversés, entre autres choses, par la vérité et le mensonge, la trahison, par ce thème de la méchanceté, mais je ne dirais pas qu'ils sont méchants au fond. Je ne vois pas de bonne œuvre qui soit méchante. Le fameux principe de délicatesse de Sade. J'ai l'impression d'avoir fait une œuvre barbare et délicate.

La jeune fille qui s'assit en face de moi dans l'autobus, ou en face de qui je m'assis, je ne fis d'abord pas attention à son existence ni à sa présence, se mit à manifester à mon égard un trouble de plus en plus marqué et de plus en plus dissimulé, indéchiffrable précisément, elle ne me fixait jamais et détournait son regard quand je tentais, en la scrutant derrière mes lunettes noires, d'interpréter le sens de son agitation, et quand elle regardait la rue et les passants derrière la vitre il était clair qu'elle ne voyait rien, tout occupée par ce trouble intérieur, qui lui faisait parfois froncer les sourcils qui se marquaient d'hésitation puis de renonciation, elle se questionnait sur le bon droit de la démarche qu'elle s'apprêtait à entreprendre, sur sa délicatesse ou sur sa grossièreté, elle en choisissait les mots, les épurait, les peaufinait, même si les circonstances voulaient qu'elle ne les dise jamais. Je remarquai que cette jeune fille brune, avec des bijoux berbères, était jolie. J'allais rejoindre David au restaurant. Il avait fait très chaud dans la journée. Je portais cette veste en lin vert amande pâle déjà froissée, avec son boutonnage façon ivoire, que j'avais achetée quelques jours plus tôt chez « Comme des garçons », Jean-Marc, le vendeur adorable, s'étant discrètement éclipsé, au moment de l'essayage, pour ne pas surprendre ma maigreur ni la difficulté de mes mouvements, craintif en même temps de me laisser seul face à ce grand miroir terrible, un tee-shirt déboutonné dessous la veste qui ne cachait presque rien de mon décharnement, et, face à la jeune fille de l'autobus, les mains vides, je les avais posées à plat sur mes cuisses. C'était avant le vendredi 13 juillet et j'allais certainement au plus mal, mais j'étais serein, je souriais très légèrement. Je me levai pour descendre à la station en bas de la rue de l'Odéon, la jeune fille se leva à son tour, et saisit la barre, où je me tenais aussi, symétrique à moi alors que l'autobus freinait, hésitait encore visiblement, puis se jeta à l'eau. Avec un fin sourire plein de grâce et de discrétion, elle me dit : « Vous me faites penser à un écrivain très connu... » Je répondis : « Très connu, je ne sais pas... » Elle : « Je ne me suis pas trompée. Je voulais juste vous dire que je vous trouve très beau. » A ce moment nous descendions ensemble de l'autobus et, sans un mot de plus, et sans se retourner, elle disparut sur la droite, et moi je partis vers la gauche, bouleversé, reconnaissant, ému aux larmes. Oui, il fallait trouver de la beauté aux malades, aux mourants. Je ne l'avais pas accepté jusque-là. J'avais été très choqué, l'été précédent, à la

mort de Robert Mapplethorpe, que *Libération* publie
en première page une photo de lui où cet homme
d'une quarantaine d'années était devenu un vieillard
émacié, ratatiné sur sa canne à pommeau de tête de
mort, ridé et vieilli prématurément, les cheveux
peignés en arrière, emmené en fauteuil roulant,
disait-on sur la légende qui commentait cette ultime
apparition en public, et accompagné d'une infirmière
avec une tente à oxygène. Cette photo m'avait fait
froid dans le dos, j'étais scandalisé que *Libération* la
publie en première page, plutôt qu'une de ces nombreuses photos où Robert Mapplethorpe s'était photographié lui-même, jeune et beau, en Christ, en femme
ou en terroriste. Mais Jules, qui vit le journal en
même temps que moi, commenta différemment la
photo et s'étonna qu'elle me fît cet effet déplorable :
« C'est absolument splendide, me dit-il, il n'a sans
doute jamais été aussi beau. » Jules disait cela un peu
douloureusement, ayant toujours admiré, contrairement à moi, le physique de Robert Mapplethorpe.
Quand la jeune fille de l'autobus m'a vu, je n'étais
pas très loin de cet état de décrépitude. Mais elle me
disait avec cœur et sincérité que j'étais beau, cela me
réchauffait, me faisait comprendre la réaction de
Jules et me réconciliait avec cette horrible photo.
Quelques semaines auparavant, Jules, à qui je mon-
trai mon corps qui commençait à se décharner,
attaqué par une allergie et couvert de plaques rouges,
m'avait dit cette phrase, que j'avais aussi très difficilement avalée : « Tu sais, c'est sans doute préférable

d'être un vieillard à trente ans plutôt qu'à quatre-vingt-dix ans. » Cette phrase m'était souvent revenue, désagréablement, et l'apostrophe de la jeune fille me la faisait enfin comprendre.

J'ai été si heureux, hier soir, de me retrouver ici, j'avais cru que je ne reverrais plus jamais ce paysage, de retrouver Gustave et Gérard, de retrouver ma chambre, la sacristie, avec son vieux lit en fer sous sa moustiquaire en chapiteau, et tous les objets de mon séjour à Rome : la peinture du moine, le manuscrit d'Eugène encadré, l'Arlequin en damier coloré en équilibre sur son jeu de massacre, la Vierge en bois articulé achetée avec Jules à Lisbonne, la loupe dorée du XVIIIe, le Pinocchio que m'a offert Eugène et sa lampe en forme d'étoile, l'enfant en noir de Mancini avec la chemise tachée de sang, la miniature des deux amants ligotés qui vont se jeter à la baille, la chouette empaillée, le petit portrait de l'enfant albinos, le grand tirage de la photo de Robin, du plus grand au plus petit, redisposés gentiment dans l'espace de la chambre par Gustave juste avant que j'arrive. J'aime tellement ces objets que j'hésite à les rapporter à Paris, ce serait en déposséder cet endroit où je veux être enterré, dans le jardin, sous le lentisque face à la mer, et en même temps ils me manquent à Paris. Les rires des Malaisiens qui feront ce soir la représentation de théâtre d'ombres me parviennent du jardin, ils se douchent comme nous avec différentes tailles de baquets et récipients, et ils rient, ils poussent des ululements parce que l'eau est glacée, ils jabotent dans une langue incompréhensible. Le manuscrit d'Eugène avec ses pattes de mouche et ses fins traits bleus à peine perceptibles sur les marges de l'épais papier à dessin, en le regardant j'ai l'impression que c'est tout un livre millénaire, inépuisable, une Bible, et je vais de temps en temps en grappiller quelques mots qui m'enchantent, je vois écrit « J'étais une montagne », ça me suffit. Tout à l'heure je lirai l'énumération des bains, dans l'ordre : « bain d'orgueilleux, bain de fourmis, bain de sang, bain de nuit ». Eugène Savitz-kaya est un très grand poète, un très grand écrivain, que j'admire plus que quiconque. J'aimerais le retrouver avant de mourir, et retrouver sa femme Carine et son fils Marin, ils me manquent, ça fait un an que je ne les ai pas vus, c'est trop, j'ai maigri de dix-huit kilos en un an, j'avais choisi et réservé pour Marin un joli petit éléphant en peluche, il devait coûter deux mille francs mais il manquait la boîte, j'ai dû décommander mon voyage, je ne suis jamais allé chercher l'éléphant. Gustave en a rapporté un de Thaïlande, en bois gris avec la trompe et les pattes entièrement articulées, une marionnette à fils qu'il a suspendue dans le vide de l'escalier déjà presque impraticable pour moi, un objet sacré devant lequel les gens s'inclinaient en Thaïlande, alors qu'ils ne saluaient pas Gustave. J'ai photographié ce matin cet éléphant avec beaucoup de plaisir, je l'ai éclairé en rouvrant certains volets et pas d'autres pour qu'il se détache sur de l'ombre et de la lumière, j'ai fait attention de ne pas retomber en redescendant avec l'appareil photo. Les cyprès que nous avons plantés et arrosés régulièrement dans le jardin ont grandi, je les vois depuis ma table de travail blanche où je viens de me faire porter une bouteille d'encre Pelikan par Gérard, si dévoué. Je voudrais faire une photo avec des bouteilles d'encre, je les ai un peu collectionnées ces deux années à Rome, et toutes dessinées, j'aime beaucoup les bouteilles d'encre. Retrouver mes objets m'a redonné envie de photographier comme un fou, j'ai dû prendre une dizaine de photos hier soir et ce matin, je crois qu'elles seront belles. Si j'avais eu la vidéo, je les aurais sans doute pris en vidéo. Je n'ai pas emporté la vidéo, trop lourde pour le bagage bourré de ce qui reste des provisions de DDI du danseur mort, et puis ici il n'y a pas d'électricité pour la brancher au secteur ou recharger sa batterie. C'est comme pour le téléphone portatif, il faut descendre au village le rebrancher, et ça ne dure qu'un quart d'heure, pour des cas d'urgence, le feu, les voleurs, les carabiniers. Avec la maladie je n'ai plus peur de rien, ni des voleurs, ni des égorgeurs, ni de la tempête la nuit, ni des petits avions cahoteux à hélices comme celui que j'ai pris hier pour aborder l'île dans la brume, et qui a rebondi sur une piste de brousse, je crois que je n'ai plus peur de la mort. Robin voulait que je loue un avion pour moi tout seul. Je n'ai pas emporté la vidéo,

139

je n'ai pas emporté la Digitaline. Pourquoi n'ai-je pas emporté la Digitaline ? Je l'ai oubliée, comme par hasard, en partant en catastrophe comme toujours. Ce serait tellement pratique, ce passage de la sacristie où j'ai fait ma chambre à la terre retournée sous le lentisque, il n'y aurait besoin que de deux porteurs, ça éviterait les congélateurs, les saleurs-poissonniers que Lionel a refusé d'appeler pour son ami danseur, et ça éviterait la chambre froide de l'hôpital, ça éviterait que Jules se couche pendant deux jours près de mon cadavre comme Lionel s'est couché deux jours près du cadavre du danseur, ce passage direct du lit à la terre. Mon cerveau est tout engourdi. Je viens de faire une sieste de deux heures et demie, couché nu sous la moustiquaire, sommeil profond, ça ne m'était plus arrivé depuis longtemps, j'avais fait un déjeuner délicieux, de l'avocat, une ratatouille, un yaourt à l'abricot et une banane écrasée. Ça me délasse des huîtres de *La Coupole*. Je me suis réveillé sur un cauchemar qui m'a mis très mal à l'aise : Jules nous montrait, à Berthe et à moi, des photos qu'il avait prises de garçons nus, la tête voilée dans des torchons, je venais de contempler un livre sur le peintre et son modèle où il y avait de ces nus anatomiques, on aurait dit des photos de cadavres, je ne comprenais pas pourquoi Jules nous montrait ça, je pensais : « il est devenu fou », peut-être comme moi avec la vidéo, la mère de Berthe arrivait sur ces entrefaites et se montrait offusquée par les photos, elle prenait congé désagréablement, je sortais la retrouver pour lui parler, elle était assise à l'avant d'une grande décapotable de type ancien, avec des gens très chics et antipathiques que je voyais pour la première fois, et la mère de Berthe m'injuriait, elle me disait : « Vous êtes lamentable, mon pauvre Hervé, regardez-vous un peu ! » Je lui disais : « Personne ne m'a jamais parlé comme ça, je ne suis pas allé insulter votre mari sur son lit de mort », je me suis éveillé la tête lourde. J'ai pris conscience ici, à cause des difficultés nouvelles de locomotion et de manipulation adaptées à l'espace qui m'était entièrement familier mais avec l'usage intégral de mes membres, à cause aussi du regard de ceux qui ne m'avait pas vu depuis un an, que je suis vraiment très malade. Il m'arrive de l'oublier complètement. C'est comme un miroir, on s'habitue à son propre miroir et quand on se retrouve dans un miroir inconnu à l'hôtel, on voit autre chose. Le regard des autres me fait me sentir moi-même une autre personne que celle que je croyais être, et qui l'est sans doute pour de vrai, un vieillard qui a du mal à se relever d'une chaise longue. Ici mon livre n'est pas encore sorti, il a un peu changé ça, ce regard sur les malades du sida. En fait j'ai écrit une lettre qui a été directement téléfaxée dans le cœur de cent mille personnes, c'est extraordinaire. Je suis en train de leur écrire une nouvelle lettre. Je vous écris. A Paris il y a l'ascenseur, les taxis, le téléphone, l'eau qui coule chaude ou froide du robinet, l'électricité qui fait marcher la vidéo. Ici il n'y a que de l'encre, soi-même, l'appareil photo, les bougies, on tire l'eau de la citerne, et c'est devenu dur d'actionner la pompe, de tenir un seau plein d'eau, de le retenir en marchant jusqu'aux chiottes pour le balancer sur ses diarrhées. Il y a des marches un peu trop hautes pour moi, limite. Je n'arrête pas d'éprouver mes limites sous le regard des autres terrorisés par le manque d'habitude, ce n'est plus le regard de Jules ou de David ou d'Edwige qui ont mis un an comme mon corps à réaliser son amaigrissement de dix-huit kilos. J'ai laissé Gustave me photographier tout à l'heure, seul à l'immense table ronde, avec le panama d'Eugène, les frissons de soleil de la tonnelle ou la nappe blanche, les couverts préparés pour les Malaisiens qui n'arrivaient pas, ça devait être beau en effet, je ne me suis plus fait photographier depuis deux ans, mais comment refuser ça à un ami, et à Gustave ? Maintenant je souris sur les photos, Gustave dit que ça n'est pas un sourire mais une grimace. Gustave est le maître d'œuvre de cet endroit miraculeux où je me sens si bien, où tout est beauté, où l'arrivée est plus heureuse que le soulagement du départ, et où j'ai écrit la plupart de mes livres, il est son inventeur, et il est son maître, ce qui pose parfois quelques problèmes, des grincements d'autorité et de révolte contre cette autorité. Mais en même temps il est le créateur de cet endroit miraculeux, et il m'a laissé généreusement me l'attribuer, c'est aussi ici que j'ai fait mes plus belles photos, Agathe a vendu six photos de moi au même collectionneur la semaine passée, six photos à trois mille francs, dix-huit mille francs de photos pour quelqu'un qui va mourir. J'ai peur qu'un des Malaisiens du théâtre d'ombres, qui serait au parfum, ne découvre le DDI du danseur mort que j'ai planqué dans la sacristie, et ne me le vole pour le revendre au marché noir, je vais plutôt le cacher dans la petite table de nuit bleue où se trouve mon pot de chambre. Nous nous sommes mis d'accord avec Gustave pour l'inhumation. Nous ne croyons pas que nous puissions légalement m'enterrer dans le jardin sous le lentisque. Gustave a eu l'idée d'un enterrement factice dans le cimetière du village avec le cercueil vide, et de m'enterrer à la nuit dans le jardin du cloître avec la complicité et les gros bras de Taillegueur. Cette idée m'enchante. Pas de cérémonie religieuse, ni de procession, sauf avec les jeunes garçons nus du village. Pas de gerbes, j'en ai suffisamment eu comme ça ces derniers temps, fleurs coupées. Fleurs coupées. Cercueil de pauvre, en bois brut mal raboté, cercueil de chêne grossier hâtivement cloué, porté en déséquilibre sur deux épaules robustes. Je déteste les cercueils plombés, avec poignées argentées, en acajou massif bien luisant, ils me font penser à l'armoire des rêves de ma mère, en acajou. J'aime les petits cercueils près du corps, fragiles comme des embarcations incertaines, qui voguent sur des mers vides. Ces petits cercueils qu'on contemple longuement, jusqu'à ce qu'une main décharnée en ressorte. Me lèverai-je de mon cercueil comme je me lève de mon lit, en m'agrippant aux bords ou en me laissant tomber, maintenant que, grâce au DDI du danseur mort, je crois au mythe de la renaissance ?

C'est quand j'écris que je suis le plus vivant. Les mots sont beaux, les mots sont justes, les mots sont victorieux, n'en déplaise à David, qui a été scandalisé par le slogan publicitaire : « La première victoire des mots sur le sida. » En m'endormant je repense à ce que j'ai écrit pendant la journée, certaines phrases reviennent et m'apparaissent incomplètes, une description pourrait être encore plus vraie, plus précise, plus économe, il y manque tel mot, j'hésite à me relever pour l'ajouter, j'ai quand même du mal à descendre du lit, à chercher dans le noir à tâtons la lampe de poche à travers la moustiquaire, ramper sur le côté au bord du matelas comme me l'a enseigné le masseur, et laisser tomber doucement mes jambes, jusqu'à ce que mes pieds rencontrent la pierre nue, allumer une bougie, chercher la bonne page dans le manuscrit, perfectionner par un ajout ou une biffure la phrase en question. Sinon, retrouverai-je demain le mot qui manquait ? Non. Je me suis endormi hier soir dans les bruits de la fête qui a suivi la représentation du théâtre d'ombres. Le montreur dévoilait dans l'église ses marionnettes plates de cuir finement peintes, à tiges et à ressorts, le roi, sa fille la princesse, le prétendant, le gros méchant, les clowns, les arbres, le palais, les singes, les lutteurs, tandis que moi je tombais doucement dans le sommeil. Des tables rondes avaient été installées avec des torches, des photophores devant les tréteaux, sur la bâche où les enfants avaient suivi le spectacle assis par terre devant les ombres colorées, vaquant du devant de l'écran blanc éclairé par une seule lampe à huile, à l'estrade où les musiciens jouaient en turbans, des tambourins et des gongs, des flûtes, pendant que les ombres voltigeaient, grossissaient et rétrécissaient, se décochaient des flèches, maniées par le seul maître assis en tailleur sous sa lampe à huile. Lune mince, puis nuit étoilée un peu fraîche et humide, mais les gens étaient trop fascinés pour se soucier du vent, qui gentiment a lentement décru. Ils allaient et venaient du devant de l'écran à la coulisse, et faisaient quelques pas dans la chapelle, incandescente de cierges, pour bavarder, ou contempler le tableau que vient de faire Thomas pour l'autel, un ciel agité par ses nuages, un ciel fou et inquiétant qui a déplu au curé. Le jour redescend lentement ce nouveau soir, Gustave pompe de l'eau à la citerne, pour arroser ses rosiers, il n'y aura bientôt plus assez de lumière pour écrire, la bougie est faite pour aller au lit. Chaque instant de cette journée a été un délice absolu : le réveil très tardif, le soulagement de dégager ma vessie puis le goût même amer du DDI du danseur mort qui m'a redonné vie, le petit déjeuner de fruits et de yaourts, les moments passés sous la tonnelle, la lecture des journaux, puis le travail, lui aussi délicieux, la vision de loin des jeunes militaires torse nu venus démonter les tentes où avaient dormi les musiciens malaisiens, toutes ces choses vivantes inattendues, tous ces mots vivants inattendus, puis la dégustation de la soupe incomparable préparée par Veronika, la décision de ne pas faire de sieste, le bavardage avec Gustave, la douche rapide à la maison, le coup de téléphone à Eric et Patou, la traversée du village en voiture, un peu de travail de nouveau, et maintenant le soir qui descend lentement, le silence et la paix, l'attente du dîner qui sera frugal et bon, le sommeil qui sera tranquille et profond, le roucoulement des geckos qui font des bruits de maracas dans les soupentes, comme deux billes au bout de fils qui s'entrechoquent, et la meute des chiens du vieux fou là-bas dans la vallée, affamés, qui hurlent à la mort tous les soirs à la même heure. Je suis heureux.

Ici, on me réserve beaucoup d'égards, enfin. Enfin mérités, justifiés, si longtemps attendus. J'ai toujours été étonné qu'on ne me les réservât pas plus tôt, quand j'étais bien portant. Je me suis pris pour une personne vénérable. Léa m'a apporté un panier tressé plein de fraises sauvages. Veronika m'a fait cette soupe avec les petites tomates rondes savoureuses de son jardin, épicée au basilic. Ces attentions sont délicieuses. Il me semble que je n'ai jamais eu un contact aussi bon, et aussi vrai avec les gens. Je les fuyais comme un sauvage, ils m'ennuyaient ou m'exaspéraient, je ne voulais rien leur donner, rentré en moi, le méchant garçon. J'ai toujours su que je serais un grand écrivain, Jules n'y croyait pas, il se moquait de moi quand je lui disais que ces textes de jeunesse que tous les éditeurs refusaient seraient publiés un jour. Chaque fois qu'il m'arrivait quelque chose de bien et que je m'en réjouissais devant lui, il me traitait d'arriviste, pour modérer mon enthousiasme, Jules a toujours été un contradicteur, mon subtil dialecticien. David, différemment, m'a à la fois poussé en avant, favorisé et promulgué en tant qu'écrivain par ses lectures précises et impitoyables, et la justesse de ses corrections, et en même temps complexé. J'ai toujours su que je ferais un jour un grand succès d'un de mes livres, et qu'il ferait connaître tous les autres, mais David n'y croyait pas, et se moquait de moi lui aussi, et me rabaissait par une espèce de rivalité, tempérée par sa générosité et son amitié. Il disait qu'à cause de ce que j'écrivais, je ne vendrais jamais de livre. (Drôle de « couple » que David et moi, mais est-ce le moment d'en parler ? Il m'a appris la chose essentielle : le rire.) Un critique abruti me débinait en disant que j'écrivais des histoires de touche-pipi. Je savais bien que je n'écrivais pas des histoires de touche-pipi, le critique a finalement été viré de son journal, est devenu un pauvre hère qui a affamé ses enfants. Mais je n'ai pas l'impression non plus d'avoir été méconnu. J'ai très vite ressenti une reconnaissance à ma mesure, et à la mesure de mon âge et de mon travail en cours, chaque chose en son temps. C'est quand on ne l'espère plus que le succès arrive, il n'est pas arrivé trop tard pour moi, il est arrivé à point nommé, et m'a aidé dans ma maladie. Mes parents n'ont jamais cru, jusqu'au dernier livre, que j'étais un écrivain, un bon, parce que j'étais leur fils, et que les bons écrivains étaient Henri Troyat, Hervé Bazin et Vicky Baum. Moi je savais qu'on ne me prendrait jamais pour un grand écrivain si je ne me prenais pas moi-même pour un grand écrivain. Hector m'a dit un jour : « Qu'est-ce que vous voulez, Hervé, ils sont tous fous de jalousie ; vous êtes beau, vous êtes

jeune, et par-dessus le marché vous avez du talent. »
C'est la chose la plus glaçante qu'il m'ait jamais dite. Il
venait de me répéter que telle chef de rubrique de la
section littéraire d'un hebdomadaire, que je n'avais
jamais rencontrée, avait parlé de moi comme du
« Rastignac de la littérature ». Nous dînions ensemble
au *Relais Plaza*, j'ai saisi le verre d'eau posé devant
moi, et j'ai admiré sa finesse par transparence, j'ai fait
remarquer à Hector à quel point il était fin, et à ce
moment-là mon corps, mes réflexes, mes dents ont
accompli quelque chose que ma pensée n'avait pas
décidé et à quoi elle n'avait même pas songé : au lieu
de boire l'eau comme je m'apprêtais à le faire, j'ai
croqué le verre, et je me suis retrouvé la bouche pleine
de dizaines et de dizaines de petits morceaux de verre,
dont je ne savais pas s'ils avaient blessé ou non ma
langue, je n'avais aucun goût de sang dans la bouche.
C'est quand j'en ai retiré les morceaux un par un, sans
rien dire, comme au ralenti, que j'ai compris pourquoi
mon corps avait fait ce geste malgré moi, c'était un
geste de protestation, j'ai dit à Hector : « Comme ça
vous pouvez dire à cette bonne femme que j'ai les
dents encore plus longues qu'elle ne l'imaginait, que je
bouffe même le verre. » Les critiques négatives ne
m'ont jamais vraiment miné, parce que je connaissais
leurs raisons, le dépit, la rancœur, et aussi parfois la
justesse et une certaine justice. Ce sont mes proches
qui ont été les plus impitoyables avec mes livres. Mais
moi je planais complètement : je savais déjà que
chaque année des dizaines de gens curieux, des

amoureux, des jeunes filles, des exégètes tarabiscotés et pointilleux feraient le pèlerinage sur l'île d'Elbe pour se recueillir sur ma tombe vide. A quinze ans, avant même que j'aie écrit quoi que ce soit, je savais la célébrité, la richesse et la mort. Je savais que ce vilain papier sur lequel j'écris, dégotté au fond de tiroirs humides, et que le premier courant d'air pourrait faire voler et disparaître, s'arracherait un jour des fortunes. Qu'on ferait visiter cette chambre misérable et nue, sublime dans son luxe ascétique. Et qu'on poserait une plaque sur la porte : « Ici Hervé Guibert a écrit la plupart de ses livres : *L'Image fantôme, Les Aventures singulières, Les Lubies d'Arthur, Des aveugles, Vous m'avez fait former des fantômes, L'Incognito, Le Protocole compassionnel.* »

J'ai voulu aller à Portoferraio, poster une carte postale pour Claudette Dumouchel. Je voulais lui écrire : « Moi ou vous ? Haut ou bas ? Quel jour sommes-nous ? Je pense à vous (pour la rime). » Mais j'ai dû renoncer à ce petit voyage en voiture. Gustave a voulu passer par la maison du pharmacien, pour voir où en étaient les travaux, Loïc doit y arriver le 1er août, avec Lionel l'ami du danseur mort, et son piano. Je suis curieux de faire sa connaissance. Cette maison vide m'a mis mal à l'aise. Sur la route de Portoferraio, j'ai demandé à Gustave de faire demi-tour, j'avais oublié mon médicament. Il a fait très chaud aujourd'hui, il y avait du sirocco, et avec les virages sur la route non asphaltée je ne me sentais pas bien. De nouveau les limites, de nouveau la sensation que je vais mourir. Pas de carte postale à Claudette Dumouchel. Je manque aussi de papier pour écrire. Celui-ci que j'ai récupéré dans la maison, une toute petite dernière rame, est tout moche, tout froissé, et moite et presque poisseux à cause du sirocco, je suis écœuré, et la plume ne glisse pas. Barcelo n'a pas pu peindre en

Afrique, à cause de la poussière qui engluait tout de suite la toile, alors il a dessiné. Je feuillette mon agenda pour voir quand est mon prochain rendez-vous avec Claudette Dumouchel, je pourrais peut-être le hâter par un malaise.

Je ne prends plus de photos, c'était l'emballement des premiers instants. Quand j'avais ouvert les volets pour éclairer l'éléphant articulé, j'avais remarqué qu'un bourdon, les ailes repliées contre le thorax, tentait de se creuser un tunnel dans le trou minuscule où s'encastre le loquet du volet. Les bourdons aiment les trous, pendant la sieste ils font l'une après l'autre toutes les anomalies des poutres du plafond, pour y pondre ou y dénicher quelque chose, j'aime ce bour-donnement qui m'endort. Je suis protégé par la moustiquaire. Cette nuit, pendant mon insomnie, un moustique a réussi à se faufiler sous la moustiquaire, une pauvre petite tache de sang le matin sur le tulle que sont venues gober de minuscules fourmis. En rentrant hier soir dans la sacristie obscure après le dîner, j'ai allumé une des bougies de la niche, surpris deux petites araignées noires, ventrues, bien râblées, qui jouaient ensemble. J'ai essayé de les tuer avec la boîte d'allumettes en les coinçant contre le rebord de la niche, je pensais qu'elles allaient m'échapper. Je laisse tranquilles les faucheurs aux pattes minces, mais je n'ai pas envie de dormir avec des araignées opaques et replètes. Quand, une fois que j'ai écrasé la première, l'autre s'est immobilisée pour se laisser écraser à son tour, elle a cessé de vouloir fuir et s'est comme offerte au paquet d'allumettes, seppuku japonais. J'ai pensé que c'était Jules et moi que je venais de tuer. Alors, à la lueur de la bougie, j'ai vu sortir d'un trou deux bébés araignées effarés d'avoir perdu leurs parents, j'ai reconnu Loulou et Titi, les enfants de Jules. Et, pour ne plus être embêté, je les ai coincés dans leur trou avec un bout de chandelle, comme les Américains ont gazé des Vietnamiens dans des termitières humaines. Une mite se noyait en rond dans le baquet d'eau où je fais mes ablutions, sans savon parce que l'eau est lourde à transporter, et le savonnage et le rinçage sont devenus superflus. Je ne change pratiquement pas de vêtements, je dois puer. Tout à l'heure nous sommes allés voir deux chiens bergers de Bergame dans un enclos, avec la chaleur ils dégageaient une odeur de cochon. J'ai achevé au réveil la mite qui tournoyait encore, avec le pied de la lampe de poche trempé dans l'eau. J'ai été heureux de retrouver tous les animaux du cloître, puis ceux que je dois estourbir : la grande couleuvre trop peu farouche, pour laquelle Jean-Yves avait fabriqué ce piège inoffensif, avec le filet et le bâton, pour la relâcher le plus loin possible sur la montagne, le crapaud qui sort à la nuit et que j'ai essayé de toucher, comme un enfant excité tout de suite dégoûté, le petit hérisson qui se carapate à travers le jardin, trahi par le fouissement des feuilles

154

mortes, le troupeau de moutons qui dévale tous les soirs sur l'esplanade de l'église avec ses agneaux nouveau-nés et pelucheux que j'attrapais comme un loup, l'épervier qui bat des ailes sur place avant de chuter sur sa proie, les papillons jaunes mouchetés, les chauves-souris qui déferlent des ruines à la nuit tombée, le bouc aux cornes torsadées qui m'avait regardé prendre ma douche, étonné, royal et menaçant, les lézards irisés qui filent, fuselés d'émeraude pâle, et qui se figent, ici observer une fourmilière m'intéresse davantage que lire la biographie de Goya. On peut aussi faire les deux, passer sa vie à fixer la fourmilière serait mortel. Tous les matins avant de mettre mes chaussures, je les frappe sur le sol pour en faire détaler les scorpions. Gustave m'a dit de ne pas marcher pieds nus, à cause des ronces. Et Jules de ne surtout pas boire l'eau de la citerne, de prendre soin de me laver les dents à l'eau de la ville, par crainte d'une infection. J'écris jusqu'à ce qu'il n'y ait plus une goutte de lumière. Je n'aime pas écrire à la bougie. Je n'aime pas non plus les lampes à pétrole qui ont explosé sur le bureau de Conrad, et ont brûlé le premier manuscrit d'*Au bout du rouleau.* Les chiens de la vallée ont hurlé à la mort toute la nuit. Gustave dit qu'on n'en viendra à bout qu'en leur jetant de la viande empoisonnée.

Le DDI du danseur mort, dont Gustave m'avait conseillé de mettre deux sachets dans mes poches, une journée de survie, au cas où mon bagage serait égaré, a déclenché la sonnerie des contrôles électriques à Roissy. J'ai dû retirer les clefs de ma poche, puis les pièces, les spécialistes de bombes et des détournements d'avions cherchaient le métal, ils m'ont tendu un petit plateau pour y vider mes poches, ça sonnait toujours quand je repassais le portillon. Ils m'ont dit : « Vous n'avez pas une calculatrice ? » J'ai dit : « Non. » « Des médicaments ? » ont-ils ajouté. « Des médicaments, si », et j'ai posé sur le plateau les deux sachets de DDI, l'un retourné exprès et le second avec son étiquette pour ne pas trop exciter la curiosité de quelque chose qu'on doit dissimuler, un des agents est venu les palper et jeter un œil à l'étiquette du laboratoire Bristol-Myers. Ça ne sonnait plus. « C'est une bombe ce médicament ! » m'a dit Zouc, appelée in extremis au téléphone, avant nos départs, elle pour Moscou, moi pour l'Italie, je savais bien que j'avais oublié quelque chose, quelqu'un. Et au lieu de monter dans l'avion

156

avec les autres passagers, je me suis précipité sur le téléphone. J'étais parti comme un dératé. Le milliardaire américain s'était décommandé au matin, dès que j'avais rebranché mon téléphone : on l'avait cambriolé dans son château de Lugano, on avait pris le magnétoscope, et une esquisse de Daumier parce qu'elle était empaquetée, me dit-il, avec le chiffre de sa valeur marchande sur une étiquette. Ne pas déjeuner avec le milliardaire américain me laissait un peu de temps en rabe pour finir ce que j'avais à faire : aller chercher les chemises chez le blanchisseur, me faire couper les cheveux, j'ai renoncé au coiffeur. La chose la plus importante était d'écrire une lettre à Berthe, et de prendre mon temps pour le faire, alors que mon bagage n'était pas prêt, et que je ne savais même pas si j'arriverais à le soulever. Je suis allé revoir les tableaux, les marines d'Aïvasovski, ce qui était une folie par rapport au temps. Ils étaient devenus moins attrayants pour moi depuis que je savais qu'ils étaient estimés à cent trente mille francs pièce, un bon réflexe. Berthe n'a pas obtenu sa dérogation pour son poste en banlieue, deux heures de trajet matin et soir, elle a hésité à dire que son mari avait le sida, elle a imaginé se mettre en dépression nerveuse, et je peux l'aider, vu qu'elle est ma femme. C'est ce que je lui écris dans la lettre ! Ne pas acheter l'Aïvasovski, par exemple, mais aider ma femme. En ouvrant ma boîte aux lettres au moment de partir pour revoir le tableau, j'ai été stupéfait de voir sur une des deux enveloppes le nom d'un des frères de Vincent. Je n'ai pas eu de frère. J'ai laissé la lettre dans la boîte, je pouvais aussi ne la lire qu'à mon retour d'Italie, feindre de l'avoir oubliée dans la précipitation, je brûlais de la lire. La lecture de cette lettre m'a bouleversé. Il fallait absolument que je réponde à Benoît, malgré le temps que je n'avais pas d'ici mon départ, au risque de ne pas partir vu l'heure, répondre à Benoît le plus vite possible était plus nécessaire que m'échapper. Le vieux chauffeur noir du taxi a été étonné de me voir monter si difficilement dans sa voiture, puis ramper sur le siège arrière pour trouver ma place, puis trimer pour ouvrir la vitre, et j'ai senti qu'il me respectait tout à coup infiniment, alors qu'il me méprisait comme n'importe quel client avant d'avoir pris conscience de ma peine à me mouvoir. Le DDI a sonné au contrôle électronique (je n'ai pas pensé au métal à l'intérieur des sachets). J'ai donc appelé Zouc, elle part tourner un film à costumes à Moscou, une coproduction italo-soviétique, et elle va jouer en anglais, elle portera des robes à paniers, des corselets de satin, des ombrelles, cela m'enchante. Je suis allé me rasseoir en attendant le départ de l'avion, et je n'ai pas remarqué que la salle s'était vidée. J'ai perçu mon nom au haut-parleur, c'était la première fois qu'on m'appelait comme ça dans un espace public, j'ai pensé que c'était un coup de téléphone, ou Jules ou je ne sais qui cherchant à me joindre. Ils m'ont dit : « Monsieur Guibert, ça fait trois fois qu'on vous appelle, vous n'avez pas entendu ? Dépêchez-vous ! » Je marchai sur le tapis de caoutchouc noir du sas articulé qui mène à l'avion. J'ai entendu qu'on criait dans mon dos : « Pas à droite, à gauche ! » Je marchai hâtivement sur le tapis noir interminable qui était en pente, de plus en plus vite, et je m'aperçus que je courais, et que je ne pouvais plus m'arrêter, ou m'effondrer par terre, ou m'encastrer dans une des jointures du sas. Ça fait des mois que je n'ai plus couru, même un mètre pour attraper l'autobus, alors il part sans moi, tu n'avais qu'à te magner le cul, et ça fait un an que je ne me suis pas baigné dans la mer. Je ne sais pas si je saurai encore nager, ce n'est pas sûr du tout. Je dévalai la piste de caoutchouc noir, emporté par mes jambes trop frêles, je n'avais pas calculé la déclinaison de la pente en rapport avec la vitesse de ma marche. Je cavalais comme le cheval éventré, à l'abattoir, continue de galoper dans le vide, suspendu à son treuil, la tête en bas, et se dévidant de son sang. A un virage de l'avion avant de prendre de la vitesse, je remarquai que la piste était éraflée à l'endroit des décollages répétés, noircie et goudronneuse, rayée, j'y vis une éclaboussure de sang noir.

Je suis dans la chambre, à l'abri de la canicule, sur la chaise longue, mise en position assise pour me permettre de m'en relever, et qui me fait penser à la nouvelle chaise percée inclinable de Suzanne. J'ai un point dans le dos, comme celui dont elle se plaint. Je n'ai pas assez de muscles pour rester longtemps assis, pour écrire. Il fait chaud ici comme dans sa chambre, j'ai presque autant de mal à respirer qu'elle. Je n'ai pas de sonde mais j'ai déjà un pot de chambre pour m'éviter de m'étaler en pleine nuit. Pas de gros ventre hydropisique mais un ventre creux, vidangé, aspiré de l'intérieur par la chiasse. Mon slip, dont Claudette Dumouchel a soulevé l'élastique, est maculé d'éclats de diarrhée et d'urine, comme ces taches de merde sur le drap de lit de Suzanne que Louise s'emploie à me dissimuler quand elle a suffisamment de force dans le bras pour tirer par-dessus un autre drap. Ma force motrice continue de décliner avec le jour : pour la sieste, je suis capable de fixer le rideau de la chambre à un crochet que m'a cloué exprès Gustave par rapport à la distance que me permettait mon bras, mais je me suis rendu compte que le soir au coucher il ne pouvait plus l'atteindre. Comme Suzanne je n'écoute pas de musique, qui a été la chose préférée de sa vie, et la lecture ne m'intéresse plus. Je préfère regarder les oiseaux dégringoler comme des feuilles arrachées par le vent. Comme Suzanne je vais avoir quatre-vingt-quinze ans le 8 septembre.

La dernière soirée avec Vincent reste inoubliable. J'avais failli la décommander : c'était ce vendredi où le docteur Chandi m'avait appelé pour me dire : « Claudette Dumouchel a essayé de vous joindre, rappelez-la tout de suite sur tel poste, et rappelez-moi ensuite sur tel autre poste. » J'attendais depuis un mois et demi la délivrance du DDI, la délivrance par le DDI, j'attendais une issue, et j'entendais Claudette Dumouchel me dire : « Ça n'a pas marché. Je ne vous ai pas rappelé plus tôt pour ne pas vous inquiéter, mais j'ai fait le tour de tous les services hospitaliers de Paris qui fournissent du DDI, et c'est complet, les quotas sont bourrés à craquer, impossible de vous y faire rentrer. La seule solution que je voie serait d'essayer de vous faire entrer dans un protocole à double aveugle sur les doses : soit doses fortes, soit doses faibles, vous n'en savez rien et je n'en sais rien, mais vous savez les doses faibles font déjà quelque chose... » Les doses fortes aussi, les 290 morts américains en témoignent. Claudette Dumouchel me demandait de me refaire tirer le lendemain matin quinze tubes de sang, rue du

162

Chemin-Vert, elle insistait sur le choix du laboratoire, dans le XIe arrondissement, parce que les quinze tubes qu'on m'avait pris quinze jours plus tôt étaient devenus démodés pour cette nouvelle demande d'entrée dans un protocole à double aveugle. J'étais désespéré, prostré au fond du fauteuil rouge, prêt à renoncer à Vincent, certain que je ne tiendrais jamais jusqu'au DDI, que la Digitaline me soulagerait avant. Le docteur Chandi m'avait rappelé. Claudette Dumouchel m'avait rappelé. Anna avait tenté de joindre le milliardaire américain. Le docteur Nacier m'appelait de l'île d'Elbe, et contactait sur-le-champ un homme puissant qui pouvait me mettre en relation avec le ministre de la Santé. Jules ourdissait le projet de récupérer le DDI du danseur qui venait de tomber dans le coma. Le monde entier se mobilisait autour de mon désespoir. Et Vincent arrivait à l'heure pour la première fois. Il disait : « Notre histoire », pour la première fois. Il disait : « On a quand même baisé ensemble pendant sept ans », alors qu'il avait toujours réfuté qu'on ait eu de ces rapports-là. Je lui dis : « Mes plus grands pieds érotiques, c'est avec Jules et avec toi que je les ai pris. Le bonheur. » Il me dit : « C'est gentil, ça me fait plaisir que tu me dises ça. » Vincent me disait : « La dernière fois, j'ai eu les boules quand je t'ai vu. Tu m'as fait peur. Mais aujourd'hui c'est différent, je suis sûr que tu vas t'en sortir. Tu vas rester parmi nous, Hervé, je le sens. Je crois au magné-tisme... » Je me sentais au plus mal avant que Vincent n'arrive, épuisé, à bout de tout, tout au bord de la

163

mort, au plus près d'elle comme jamais, et maintenant Vincent me faisait oublier ma fatigue. Quand il est parti, j'ai regardé mon réveil, il était une heure du matin, j'ai pensé : « Comment est-ce possible ? » Je n'avais pas senti le temps passer, je ne l'avais plus senti passer si douloureusement à travers mon corps, mon cerveau, mes yeux, mes nerfs, et en harasser chaque centre clef, il s'était évaporé. J'avais emmené Vincent dîner à *La Cagouille*, l'exceptionnel restaurant de poissons. Quand il vit les prix sur l'ardoise qu'on nous tendait pour choisir les poissons, il me dit : « Tu ne te fous pas de moi », je lui dis : « Un dîner avec Vincent, ce n'est pas tous les jours, ça se fête. » *La Cagouille* est le restaurant où nous fêtons nos différents anniversaires avec Jules et Berthe. Vincent vola une marguerite et me la donna pour ma boutonnière. Il se régalait, j'étais heureux. Il me dit qu'il souffrait de la misère, et que le luxe de ce dîner le requinquait, qu'il n'en pouvait plus de devoir taper sa copine de dix balles pour s'acheter un paquet de clopes. Dans la voiture il me dit : « Je te fais trois propositions : ou bien aller avec moi te promener dans un jardin, ou bien si tu peux me passer dix francs pour aller acheter des cigarettes à Saint-Germain, ou bien on va finir le champagne chez toi. » Je lui dis que depuis l'agression dans les jardins de la Fontaine à Nîmes, je n'étais plus très chaud pour les balades au clair de lune. Les barres de fer et le revolver me revenaient à fleur de tempe. Dans la voiture en bas de chez moi je dis bonsoir à Vincent, il me dit : « Tu ne vas tout de même pas me laisser là, sans m'inviter à monter chez toi ? A moins que tu n'en aies pas envie ? » Dans l'appartement, il venait s'asseoir exprès à côté de moi, alors que d'habitude il s'esquivait ou le feignait quand je revenais à la charge pour atteindre son corps sur ce même canapé tendu d'un autre tissu, dans cet autre appartement. Mais là je n'arrivais pas à le toucher. Je ne savais même pas si j'en avais envie, ni si Vincent en était dépité ou soulagé. Comme délivré de cette pression de désir que j'avais exercée sur lui pendant tant d'années. Tandis qu'il me chipait des Lexomil dans ma salle de bains, après avoir fini toutes les bières de mon frigidaire, penché sur mon lavabo pour pisser, je le caressais par-derrière, ça ne me faisait presque plus rien. Je connaissais son corps par cœur. Il s'était imprimé à l'intérieur de mes doigts, je n'en avais plus besoin pour de vrai. J'aimais toujours Vincent mais ça ne me faisait presque plus rien de retoucher son corps, cette anomalie était apparue en moi, comme la difficulté à me relever de mon fauteuil ou à monter la marche de l'autobus. Nous nous quittâmes sur un petit baiser sur la bouche, comme nous en avons le secret ensemble.

Claudette Dumouchel m'a demandé : « En quelle année sommes-nous ? » J'aurais pu lui répondre : « L'année de notre rencontre » ou bien : « L'année du DDI », ou bien : « L'année de ma mort », mais je me souvenais encore de l'année, je n'avais pas à biaiser, je répondis calmement : « 1990. — Et quel mois sommes-nous ? » me demanda-t-elle alors. « Juillet, et vous m'empêchez toujours de partir en vacances ? — Quel jour du mois ? — Je ne sais pas, le jour de notre rendez-vous. » Claudette Dumouchel lut attentivement le compte rendu écrit à la main par la femme docteur qui m'avait fait l'électromyo-gramme. Cette femme, qui m'avait envoyé des décharges électriques, de la plus infime à la plus insupportable, aux articulations, dans les voûtes plantaires, puis fourragé dans le muscle de la cuisse avec une aiguille en me faisant un hématome, m'avait dit à l'issue de l'examen que tout était normal au niveau des nerfs, ce qui signifiait que je tolérais bien le DDI, jusqu'à nouvel ordre du point de vue de la menace neuropathique, mais que par contre, au niveau des muscles, elle avait décelé quelques petits problèmes, et en me disant cela elle appuyait sur le mot petits, musculaires de type inflammatoire. Elle ne pouvait diagnostiquer quelle en était la cause, ou le virus HIV, ou un effet secondaire de l'AZT bien que j'eusse arrêté de le prendre depuis deux mois et que ce type de gêne selon elle aurait eu le temps de s'éliminer, ou bien un autre virus, ni si c'était le moment de traiter l'inflammation, elle s'en remettait à mon médecin traitant. Claudette Dumouchel déchiffrait, dans le compte rendu que j'avais lu plusieurs fois, la seule expression soulignée : *myogénie de type inflammatoire.* Sans m'examiner le grand professeur Stifer avait eu l'intuition d'un début de myopathie, cette maladie causée par un élément agresseur, un virus, qui paralyse les muscles l'un après l'autre, au point de figer le réflexe de la respiration ou le battement du cœur. Du *petit* problème inflammatoire à la myogénie puis à la myopathie, du dit à l'écrit, du dit au patient ou de l'écrit au confrère il y avait tout un crescendo. Comme le professeur Stifer, Claudette Dumouchel pensait que cette amorce de myopathie pouvait s'expliquer soit comme séquelle de l'AZT, soit par le virus HIV, soit par un autre virus, cryptovirus ou cyclovirus, mais pour le traiter il fallait connaître sa nature exacte, et pratiquer une biopsie sous anesthésie locale au niveau du muscle, on verrait ça à mon retour s'il n'y avait pas d'amélioration. Ces mots de Claudette Dumouchel me firent instantanément l'effet, à l'intérieur de ma chair, d'un scalpel rond, comme l'instrument qui sert à évider les pommes, me prélevant un petit morceau de muscle de ma cuisse. Claudette Dumouchel est une sadique qui pousse le jeu un peu loin.

J'ai trouvé une crotte de rat dans ma chambre, typiquement la petite crotte de rat bien moulée, bien humide, encore fraîche, que j'ai envoyée valser dehors d'une pichenette. J'ai peur que le rat ne me bouffe mes dernières munitions de DDI du danseur mort en les prenant pour de l'héroïne.

Il reste la gymnastique quand je ne sais plus quoi faire ici, quand la sieste m'a engourdi, quand j'ai mangé et que je n'arrive pas à chier à cause des médicaments. Quand la biographie de Goya m'exaspère et que je n'ai plus envie de regarder des peintures dans un album, après avoir travaillé un peu, j'entreprends ma gymnastique, comme par petites séquences : tendre les jambes debout sur la pointe des pieds, les mains derrière la tête, une flexion, une autre, un bras levé sur le côté, en l'air. Boxer. Boxer comme le jeune Marocain, sur les vestiges de la piscine Kontiki à Casablanca, face à l'océan, sans personne à vaincre que soi-même. Boxer à poil dans le vide, dans l'infini, dans l'éternité.

J'ai terriblement envie de mer, au point que j'hésite à écrire une fiction qui me plongerait dans l'eau en racontant ma baignade. Une pluie chaude s'abattrait sur la plage pour me rincer et me réchauffer quand je sortirais de l'eau.

30 juillet. J'ai demandé à Gustave de m'emmener me baigner, il était huit heures du soir. Nous sommes allés sur la plage de sable noir, au lieu dit Topinetti, ce qui veut dire les petits rats, entre Rio Marina et Cavo, sous les falaises, dans l'eau rouge où l'on prenait la bauxite, sous les grands derricks de la mine désaffectée. Il n'y avait plus personne sur la plage. Au loin, attrapant le dernier rayon de soleil, un ferry-boat blanc doré par la lumière. J'entre dans l'eau, elle n'est pas trop froide. Gustave me dit que le point thermométrique du corps est au-dessous de la nuque. Je suis dans la mer. Est-ce que je vais pouvoir nager, ou est-ce que c'est cuit ? Je ne le sais pas. Je vais le savoir, d'un instant à l'autre, si j'en ai le courage. J'essaie de faire quelques brasses. Je suis un têtard, je suis un chien qui patauge, je suis un p'tit polio, je suis une pierre qui

coule, moi qui nageais en pleine mer et qui, les jours de tempête, me laissais jeter par la houle sur des rochers coupants en guettant la bonne vague porteuse, je ne peux plus faire trois brasses de suite, j'ai des moignons, je suis à quelques pas du bord de l'eau, mais je me noie. J'ai besoin de m'agripper aux hanches de mon père pour qu'il me ramène à la plage.

Le mariage avec Berthe a eu lieu une belle journée chaude et sereine, le 17 juin 1989, il y a un peu plus d'un an, à la mairie du XIVᵉ arrondissement. Tout le monde nous avait déconseillé, les notaires en premier, ce contrat de mariage dit sous la communauté universelle, seuls certains Alsaciens trop traditionnels ou des veufs épris de jeunes beautés qui veulent déshériter leurs enfants en usaient encore. De prime abord, c'était un mariage fonctionnel : nous avions rendez-vous tous les quatre, Berthe, Jules et une amie d'enfance avocate de Berthe, sur l'esplanade de la mairie, cinq minutes avant l'heure du mariage. Nous venions tous d'horizons différents : l'avocate de son étude, Jules de son bureau où il retournait tout aussitôt, Berthe d'une journée de congé avec ou sans copies, et moi probablement de mon farniente. Apparemment cette union n'avait rien de solennel. On nous fit attendre au premier rang de la salle d'apparat, avec ses fresques pompier, en nous faisant entendre une musique monumentale. Nous étions seuls, Berthe bavardait de tout et de rien avec son amie d'enfance assise à sa gauche, son témoin. Jules, assis à ma droite, serait mon témoin. L'adjoint au maire arrive, accompagné d'une secrétaire qui tient le livre où nous signerons, le buste ceint d'une écharpe tricolore, étonnamment vulgaire et polisson. Voici d'inhabituels mariés : sans robe blanche et sans frac, sans parents émus, le strict minimum. L'adjoint au maire, en prenant sa place devant son micro inutile dans la salle vide immense, nous lance : « Il fait bien chaud aujourd'hui. On peut augurer que l'union qui va s'y produire sera très chaude elle aussi. J'ai vu que monsieur est écrivain, je ne sais pas quel genre d'ouvrages il écrit, mais... » Devant mon air glacial et mon sourire figé, l'adjoint au maire coupa court, et nous maria. Cinq minutes plus tard nous étions de nouveau tous les quatre sur l'esplanade de la mairie, en plein soleil, nous nous quittions, chacun dans une direction différente. J'avais dit à Berthe : « C'est bien aussi de faire les choses en leur temps, et pas à la dernière extrémité, parce qu'alors elles ne sont plus possibles. » Avec la tête que j'ai aujourd'hui l'adjoint au maire bleu-blanc-rouge ne ferait pas ses gauloiseries. Jules avait filé, je marchai seul dans la rue, léger et heureux. J'avais fait une bonne chose. Pouvait-on dire que c'était un mariage d'intérêt ? Non, bien sûr que c'était un mariage d'amour.

La nuit, pendant les longues heures d'insomnie, tandis que dehors le vent souffle, que le rat grignote délicatement les biscuits de la cuisine, que le moustique se casse le nez au barrage de la moustiquaire, laissant son bourdonnement à distance sans me l'enfiler grossièrement dans l'oreille, obstinée et affamée la petite femelle qui ne veut pas lâcher prise et continue de tournoyer jusqu'à l'épuisement autour du voile en en cherchant la brèche, excitée par ce fumet de gaz carbonique qui fait de la moustiquaire un fabuleux et horripilant garde-manger, et de moi un festin dérobé, la nuit comme Adamo je deviens fou. Je fais ma gymnastique et j'écris mon livre, à blanc. Je pince mes muscles à la façon du masseur, je les pétris, je malaxe leurs minces fuseaux, et j'arrive à l'os que je ponce, je me masse les fesses. Je nargue le moustique, désespéré par la circulation du sang inaccessible. Et j'écris mon livre dans le vide, je le bâtis, le rééquilibre, pense à son rythme général et aux brisures de ses articulations, à ses ruptures et à ses continuités, à l'entremêlement de ses trames, à sa vivacité, j'écris mon livre sans papier ni stylo sous le chapiteau de la moustiquaire, jusqu'à l'oubli. Je tends les jambes et je refais les mouvements que m'ordonne Claudette Dumouchel et que je fais dans ses mains, j'appuie comme elle dit sur l'accélérateur de son poing, mais il manque sa main sous la moustiquaire. Le moustique se cogne le front, se casse les reins, s'épuise lentement dans son tournoiement, il cherche encore la fissure et s'il la trouve la moustiquaire deviendra son piège, il se gavera peut-être à l'aise et les mollets me démangeront mais demain matin il ne sera plus qu'une petite tache de sang que viendront gober les fourmis microscopiques. Je continue mes mouvements, je me retourne sur le ventre, replie mes jambes sur mes reins, ça tiraille, je force un peu, je vais devenir un homme caoutchouc en accordéon dans une boîte, le cercueil, qu'un ressort fait jaillir et ricaner, j'écarte mes cuisses et mes bras le plus possible, je m'ouvre, je me casse, mes muscles me chauffent doucement, ils fourmillent de vie, ils me donnent dorénavant plus de plaisir que l'éjaculation routinière sans imaginations neuves, j'invente des tractions incroyables. Je comprends enfin le sens de la gymnastique, alors que j'avais toujours moqué cette pulsion en Jules. Je disais, en paraphrasant Duras : « Que le corps aille à sa perte, qu'il aille à sa perte, c'est la seule solution. » Je suis un scarabée retourné sur sa carapace et qui se démène pour se remettre sur ses pattes. Je lutte. Mon Dieu, que cette lutte est belle.

Turner a peint *La Mort sur un cheval pâle*, je repensais cette nuit à cette image, elle me revenait très précisément dans son galop, dans sa folie, j'étais moi-même ce corps renversé sur sa monture, avec ses lambeaux de chair qui s'accrochent à l'os et qu'on aurait envie de ruginer une bonne fois pour toutes pour le nettoyer, ce cadavre vivant ployé sur cette furie qui fonce dans la nuit, au pelage si chaud et odorant, brinquebalé par sa cavalcade, un squelette ligoté à la trombe du cheval, fendant l'orage, le bouillonnement du volcan, avec une main énorme qui débouche dans le tableau, un battoir de viande projeté en avant par le mouvement, et qui déséquilibre l'image. Le spectre, sur sa nudité de squelette, porte un diadème.

Je buvais avec Gustave un thé sous la tonnelle, un bruit de moto s'est fait entendre. Débouchant des arbustes, encerclant lentement le cloître, la moto rouge apparut, montée par son chevalier, Djanlouka. J'ai connu et aimé Djanlouka quand il était enfant, c'était un voisin du quartier pauvre, il venait dans la maison pour voir le chien, le monstre, le bull-dog anglais qu'il adorait, et moi j'adorais Djanlouka, il était si frais, si gai, si cristallin, je lui faisais des crêpes, il m'obsédait au point que je passai une nuit avec ce que je croyais être son slip, dérobé sur le fil à linge, jusqu'à ce que ses hurlements me révèlent le lendemain que j'avais sucé ou humé la culotte de la grand-mère de Djanlouka. Il avait douze ans, nous partîmes ensemble faire une promenade, avec son canif nous gravâmes nos prénoms dans l'écorce dure et filandreuse des cactus, il riait, il était heureux. Après ses copains le traitèrent de pédé, et Djanlouka ne me dit plus bonjour dans le village. Djanlouka a perdu l'enfance, mais il est devenu un jeune homme de plus en plus beau, de plus en plus éclatant et de plus en plus mystérieux, de plus

177

en plus courtisé par les filles. Il a travaillé comme apprenti maçon à la réfection du cloître où nous vivons actuellement. Il a deux frères, l'un boulanger, l'autre pêcheur, lui reste solitaire, on dit qu'il se drogue. Nous l'avions croisé l'autre jour sur la route, nous en voiture, lui sur sa moto rouge, je venais justement de demander de ses nouvelles. Il était toujours aussi superbe, je dis : « Il pourrait devenir mon domestique. » Dans l'état où je suis j'ai besoin d'un serviteur, un jeune homme vigoureux qui me conduise, m'habille, me lave, masse mon dos de plus en plus endolori par l'écriture, et dont le poignet serait symétrique à la canne. Djanlouka a appris la nouvelle et il rôde avec sa moto. Ma maladie a fait traînée de poudre dans le village, d'autant que je ne m'y montre plus, on se raconte ma maigreur hallucinante, des bonnes femmes apportent à Gustave des œufs pondus du matin, des tomates de leur jardin. Djanlouka sait, et il revient, et nous encercle avec sa moto rouge. Sa réapparition avait quelque chose de menaçant, et d'incroyablement tendre.

Le gecko, cette espèce de lézard renflé, épaté, à courte queue, aux cinq doigts détachés minuscules, comme étoilés, spatulés et à ventouses, qui vit dans les soupentes de nos chambres, y roucoule amoureusement la nuit et fait entendre son clic-clac répété de billes entrechoquées, le gecko farouche dont nous aimons la présence au point que nous cherchons à le caresser, mais que le beau-père du maire, l'an passé, dans leur maison de campagne, avait voulu assommer avec un journal replié, disant que c'était une bestiole abominable et vorace, mange nos moustiques, peut-être les bourdons, les fourmis, les papillons de nuit, les phalènes, il se jette dessus en les gobant du bout de sa langue poisseuse déroulée, après s'être excité à les épier à distance, fondu dans la muraille, en faisant le mort. La vipère mange le gecko. Le petit lézard, nous l'avons vu hier déterrer et bouffer un ver de terre rose annelé et recroquevillé, encore tout humide, qui était à demi gros comme lui. L'an dernier avec Jules nous avons observé ces couples de lézards se chamailler puis se battre à mort jusqu'à ce que l'un parvienne à

179

sectionner la queue de l'autre, et à la mastiquer. La grande couleuvre peu farouche qui se déroule sur la pierre et disparaît dans les rosiers, noire cerclée de blanc, vénérable, lente comme un centenaire ou vif-argent comme un diable, mange les souris. Les souris mangent nos biscuits et nos grains empoisonnés, qui coagulent leur sang dans leurs terriers. Le hérisson, dont nous avons touché les aiguilles du bout des doigts sans nous piquer, alors qu'il tremblotait de peur tout recroquevillé dans le buisson sans laisser voir son museau, mange des mulots. Le crapaud mange des mouches et des petits insectes qu'il lape rapidement pour les mâcher ensuite pendant des heures dans la poche de son goitre. Le faucon pioche le crapaud. L'homme mange des animaux, des agneaux, des cochons de lait, des entrailles, des cervelles, des reins et des rognons blancs, des cœurs, des poulpes, des batraciens frits, des organismes palpitants, des huîtres crues. Le sida, microscopique et virulent, mange l'homme, ce géant.

J'ai enfin rencontré Lionel, l'ami du danseur mort qui a gratté un par un sur chaque sachet de DDI les références de prescription qui pouvaient le compromettre pour me ramener à la vie par l'entremise de Jules, il est médecin à l'hôpital Bichat (évidemment, tous ces noms ont été changés). Je ne suis pas sûr qu'il puisse être un de mes personnages, comme je l'espérais. Il semble très abattu par la disparition de son ami, nous n'avons pas prononcé son nom de toute la soirée, ni parlé du sida à aucun moment ni évoqué le fait que j'étais malade. Comme je ne me suis jamais retrouvé seul avec lui, ne le cherchant pas par ailleurs, je n'ai pas pu le remercier pour les risques qu'il avait pris, par amitié pour l'ami d'un ami, au péril de sa profession. J'aurai sans doute l'occasion de le remercier une autre fois. Si je fais mon film, j'aimerais bien lui poser des questions sur son ami danseur en le filmant au coucher du soleil devant la baie de Porto-ferraio, à contre-jour pour qu'on ne puisse discerner ses traits. A plusieurs reprises, dans la conversation dont il était le moins actif des six, il m'a demandé l'âge de la personne que j'évoquais, d'abord d'un garçon de dix-huit ans, puis d'une femme de soixante-dix ans. Il a dit qu'il craignait beaucoup les serpents et, quand il se promenait dans la garrigue, que les gens étaient étonnés de le voir taper dans ses mains à chaque pas et siffler entre ses lèvres pour faire fuir d'éventuelles vipères. Il a dit qu'il détestait les rats, alors que j'étais en train de dire que le rat, que j'avais capturé et observé longuement, était un animal admirable, très propre, très fier, très intelligent, à l'œil noir luisant et vif presque aussi bouleversant que celui du labrador. A cela Lionel répliqua, pour en finir, que les rats transmettaient des maladies.

Djanlouka est revenu sur sa moto rouge, mais cette fois il a sonné. Gégé était à la plage, Gustave descendu dans la vallée chez Giorgio et Veronika. J'ai proposé quelque chose à boire à Djanlouka, il voulait du Coca, il n'y en avait pas, je lui ai donné du vin blanc frais, nous avons trinqué ensemble, « A quoi ? » a-t-il demandé. « A nous », ai-je répondu. Sa présence dégageait quelque chose d'inquiétant. Il en est venu au fait, avec gêne il m'expliqua le but de sa visite : il voulait en voir plus que les autres, il voulait tout voir, et pas seulement apercevoir de loin, derrière les grillages, en encerclant le cloître avec sa moto rouge. Il me demanda de me montrer nu à lui, tout nu, pour voir ce que c'était, et il me promettait de ne le raconter à personne. J'hésitai, et finalement acceptai, mais à une condition : qu'il se mette nu lui aussi, pour que je puisse sans tristesse contempler son corps, tandis que lui se rincera l'œil au spectacle de mon squelette. Il accepta le marché. Nous nous déshabillâmes face à face sur la terrasse, moi en prenant garde de ne pas m'étaler en enlevant mon jean sur une jambe puis l'autre, et lui en une volte-face, comme par magie, pendant que je continuais à trimer pour mon déshabillage, se retrouva nu, splendide et pur. Au premier coup d'œil je reconnus l'enfant que j'avais aimé. Je le bus des yeux et lui, une fois que je fus dénudé à mon tour, commença à m'observer des pieds à la tête, avec l'ébahissement du tout petit enfant qui, pour la première fois, dans un zoo, découvre l'existence incroyable de la girafe, ou de l'éléphant. On aurait dit qu'il enregistrait chaque parcelle de ma dépouille, que son regard la filmait pour pouvoir s'en souvenir, se la repasser. Soudain Djanlouka me dit qu'il voulait risquer la mort. Il était venu pour cela. Il avait apporté une capote. Les géologues amateurs, qui montent sur la colline pour en faire voler avec un marteau quelques éclats d'hématite, ce minerai noir précieux scintillant de miroitements argentés, pouvaient nous voir, lui dis-je, mais Djanlouka me répondit qu'il s'en foutait, il enfilait déjà la capote sur son membre dressé qu'il branlait en même temps. Il me mit debout, à sec, en renversant mon corps sur le rebord de la citerne. Ça me faisait mal, aucune jouissance, j'étais trop bouleversé. Djanlouka fut rapide dans sa besogne et négligea la mienne comme un Arabe, dans l'ivresse de sa chevauchée il me crachait dessus, je sentais ses jets de salive baigner mes cheveux et couler le long de ma colonne vertébrale, mise à nu comme une épine, ou une arête. Quand il m'eut crié sa jouissance dans l'oreille en agrippant l'autre à pleine main pour me cracher cette fois sur les lèvres, il se rhabilla vite, et repartit sur sa moto rouge sans m'avoir dit un mot, ayant jeté la capote sale dans un fourré. Il avait fait ce qu'il avait à faire, et je savais qu'il n'y reviendrait pas.

La vérité est que j'avais été injecté, dès le 27 janvier 1990, par la substance immunogène de Melvil Mockney, mais qu'un serment de silence me liait à une personne qui a été à mon égard d'une générosité sublime, sans limites. Le raconter ici de la façon que j'ai choisie, après y avoir beaucoup réfléchi, pas du tout à la légère, n'est pas vraiment trahir ce personnage admirable. Il y a malheureusement une petite différence, près du mot trahir, entre « pas vraiment » et « vraiment pas ». J'aurais préféré écrire : « vraiment pas ». Mais je ne peux plus davantage faire l'impasse sur ce récit. Voici comment les choses se sont passées : ne pouvant plus entrer sur la France dans aucun des protocoles d'expérimentation du produit, mes T4 — cette sous-population des lymphocytes qui dénotent numériquement des ravages du virus HIV sur les défenses immunitaires — étant tombées à moins de deux cents, je fis un voyage éclair à Los Angeles, la ville des anges, où l'on m'injecta le fameux vaccin de Melvil Mockney, en se basant sur des analyses truquées. Si l'innocuité de ce vaccin semblait prouvée, son efficacité en tant que remède est loin d'être démontrée. Les semaines qui suivirent l'injection de cette substance obtenue à partir du noyau du virus HIV, désactivé par congélation dans le projet de réactiver la production d'anticorps spécifiques, mon taux de T4 croula catastrophiquement, passant dans un laps de temps inhabituel de 198 à 60. Je ne dis pas que le vaccin accéléra la dégringolade, elle était déjà amorcée avant, mais il ne put en rien, au vu des bilans hématologiques, la contrecarrer. On devait me faire un rappel deux mois plus tard. Je refis un aller-retour en coup de vent à Los Angeles, mais cette fois, quand l'infirmière antillaise tenta d'aspirer avec la seringue, plantée dans la capsule de caoutchouc rose, le produit blanc et visqueux hors de son flacon, force nous fut de reconnaître, médusés, alors qu'elle avait déjà désinfecté la peau où elle allait piquer, que le flacon était tari, que toute la substance blanche — finalement nous le décapsulâmes — s'était évaporée, il n'en restait plus qu'une trace craquelée dans le fond. L'infirmière antillaise examina soigneusement le capuchon de caoutchouc et déclara qu'il était déjà percé d'autres traces d'aiguille que la sienne, le produit avait été subtilisé au bénéfice d'un autre chimpanzé. Et c'était la dose qui soi-disant m'était réservée, il n'y en avait point d'autre. J'étais retourné dans la ville des anges pour des prunes, tintin le vaccin ! On m'avait joué un sale tour. Cette histoire est incroyable, et pourtant elle n'est que la stricte vérité. Stéphane m'a rapporté l'autre jour que Muzil disait souvent de moi, à propos de mes livres : « Il ne lui arrive que des choses fausses. »

Arrive un moment, est arrivé pour moi en tout cas ce moment, où l'on se fiche complètement de son taux de T4, dont on a pourtant suivi l'évolution, les hauts et les bas, les effondrements et les redressements spontanés, deux ou trois ans durant, comme le plus grand des suspens, le suspens crucial. Ces aléas de chute et de remontée rythment le rapport avec le médecin, lui donnent une base, un prétexte, préparent en fait par paliers à la maladie et d'abord à son idée, car de fait, entre 1 000 T4 et 200, le seuil critique, il n'y a sans doute rien d'autre à faire qu'assister à la lente faillite de ce taux de défenses immunitaires. Le médecin est impuissant, sinon psychologiquement, à tendre le leurre que la maladie peut être reculée, sinon vaincue. Quand j'avais entre 500 et 199 T4, je me jetais sur les enveloppes marquées « de caractère confidentiel » de l'institut Alfred-Fournier, je l'ai raconté, et je dépouillais devant ma boîte aux lettres ces feuilles agrafées de comptes rendus d'analyses pour découvrir mon taux de T4, dont je connaissais pratiquement les variations mois après mois, ou alors j'enfournais ces feuilles sans les regarder dans la poche de ma veste, pour retarder un peu le moment du désastre ou de la bonne surprise. Ce taux de T4 qui vont et qui viennent, qui descendent et qui remontent, est une illusion à laquelle le malade se raccroche comme à un hameçon dont le filin le tirerait sur une mer plus ou moins agitée. Le médecin entretient cette fiction d'une maladie très aléatoire, qui ne va pas forcément vers une issue fatale. Le taux des T4, jusqu'à un certain moment, est un instrument de lutte que le médecin propose à son patient. Quand j'ai dû faire mes analyses à l'hôpital Spallanzani à Rome, puis à l'hôpital Rothschild, pour qu'on me délivre mes doses d'AZT soigneusement comptées, je téléphonais au médecin ou à son assistante pour connaître le résultat, le téléphoner aussitôt à Paris et le commenter, dans une urgence qui m'apparaît maintenant complètement inutile. Quand on a chuté à 60 T4, par cas de force majeure, pour endiguer l'angoisse, on se contrefiche soudain de savoir si on a encore descendu, et si on est à 3 ou à −3, j'ignore si on comptabilise la faillite en négatif, sans doute que non, mais on rase la mort de si près que le pilote ferme les yeux au moment d'envoyer son avion dans la colline. Je ne veux plus savoir où j'en suis, je ne le demande plus au médecin, ni à voir les résultats des analyses qu'on a pris l'habitude, avec le sida, et je ne sais pas si c'est vraiment mieux ou finalement moins bien, de livrer au malade. Je suis dans une zone de menace où je voudrais plutôt me donner l'illusion de la survie, et de la vie éternelle. Oui, il me faut bien l'avouer et je crois que c'est le sort commun de tous les grands malades, même si c'est pitoyable et ridicule, après avoir tant rêvé à la mort, dorénavant j'ai horriblement envie de vivre.

La collection des tableaux, cette fièvre du choix, du coup de foudre qui passe à l'hésitation, de la discussion du prix, ce bonheur des rapports ou des contradictions avec les autres tableaux que je possède, cette activité solitaire et fébrile qui me fait parcourir Paris et Rome d'un antiquaire à l'autre et entretenir avec l'un ou l'autre une relation que je trouve très spéciale et passionnante autour de nos désirs, moi de possession, il ou elle de joie ou de bon débarras, dans le deuil de toute activité érotique, l'achat des tableaux est aussi un substitut de sensualité et de présence, car je m'obstine à vivre seul bien qu'on me dise, les médecins et les proches, que ce n'est pas le moment, le tableau diffuse dans l'appartement une présence familière presque corporelle, je dirais que c'est le corps des fantômes qui se diffuse par les tableaux, la collection de tableaux fomente aussi et entretient cette illusion que je vais continuer de vivre. Si j'achète tous ces tableaux avec les revenus de mes livres, la petite marine d'Aïvasovski ou l'immense étude de cavalier napoléonien non signée (en général je vais vers la miniature, ou vers le tableau monstre implaçable nulle part comme un trop grand tapis, invendable et inre-vendable), il est évident que c'est une façon de nourrir cette illusion que je vais en jouir longtemps encore. Je ne les accrocherais pas dans ma tombe, à la limite je voudrais être inhumé à même la terre, sans cercueil, nu dans un drap blanc, comme un musulman, et ces tableaux encombreraient plutôt mes héritiers, qui ne les aiment pas forcément, et pour qui de l'argent bien placé serait plus commode à liquider. Je suis donc resté cet égoïste invétéré ?

J'allais de plus en plus mal, mes membres commençaient sournoisement de me faire défaut mais je ne voulais pas m'en rendre compte, mon épuisement croissait de jour en jour, je les passais prostré dans le fauteuil rouge, à somnoler, à maugréer quand le téléphone sonnait, incapable d'écrire une ligne ni d'en lire la moindre, mais relisant sans cesse, jusqu'à l'hypnose, la lettre tapée à la machine qui m'avait été envoyée de Casablanca vers la fin avril. Je prenais garde que les masses de courrier que je recevais tous les matins ne la recouvrent pas, comme pour me rassurer je la remettais sans cesse au-dessus de la pile en fouillis, et en évidence, pour ne pas l'oublier — on ne pouvait jamais savoir avec la menace d'attaques cérébrales —, pour empêcher qu'elle ne s'enterre elle-même dans les sables mouvants de ces montagnes de courrier auxquelles je ne répondais pas. Je n'écrivais plus, j'y avais délibérément renoncé, il n'y avait pas non plus de quoi faire un drame, mais toutes celles et tous ceux qui m'écrivaient avaient la gentillesse d'en faire un. J'avais écrit bien assez de livres comme ça : il y en avait treize écrits, treize publiés et disponibles, sans compter ceux que j'avais discrètement rayés de « la liste du même auteur ». J'ai tellement écrit depuis que j'ai quinze ans ! Quand je regarde les piles de dossiers entassés dans deux placards, je n'en crois pas mes yeux, je suis effaré, je n'arrive plus à comprendre comment une masse d'écriture si étendue a pu sortir de mon pauvre corps et de mes pensées pitoyables. Mon treizième livre officiel, *A l'ami qui ne m'a pas sauvé la vie*, m'a porté chance. Il a connu un succès qui m'a réconforté au moment *ad hoc* de ma maladie, je l'ai porté en moi comme un talisman, avec la chaleur des réactions. Il a été accepté par la communauté des malades et de leurs soignants, et j'en ai été très soulagé parce que je craignais beaucoup qu'ils ne le rejettent. J'avais dit à la télévision que je n'écrirais plus. Cette phrase, sur le public — les centaines de lettres en témoignent —, cette phrase associée à ma maladie a fait un véritable malheur, derrière lequel je me suis protégé. Des gens qui ne me connaissaient ni d'Eve ni d'Adam, qui n'avaient jamais lu un livre de moi, des hommes et des femmes de tous les âges et de tous les milieux sociaux comme on dit, me suppliaient de continuer d'écrire, pour que je reste en vie, puisque c'était ma vie l'écriture. Mais je ne voyais pas quoi écrire, et je n'en avais pas l'impulsion dynamique non plus, mon épuisement l'avait broyée. Après ce livre-là et son accueil, je ne pouvais pas écrire une pochade, je me sentais une responsabilité par rapport à ces inconnu(e)s que j'avais ému(e)s. Le succès aussi m'a

195

paralysé. J'étais parvenu à mes fins, dans tous les sens du terme : me faire entendre, et faire lire mes autres livres, faire lire tous mes livres à la fois comme la plupart des lettres en témoignaient, communiquer avec le maximum de gens, des jeunes, des vieux, des pédés, des pas pédés, et rencontrer enfin le public des femmes, que j'étais heureux de toucher à ma manière. Je n'écrivais plus, mais j'avais décidé de renverser la vapeur : au lieu de dire que c'était une tristesse et une impuissance, je me suis mis à penser que c'était une décision très volontaire de ma conscience, et que de ne plus écrire l'œuvre l'écrirait peut-être davantage, en la bloquant, en la circonscrivant, qu'en l'écrivant. A la faveur d'un déménagement, j'ai mis un peu d'ordre dans mes dossiers. J'y ai retrouvé, surtout dans des cahiers, des choses que j'avais écrites quand j'étais très jeune, que je n'avais jamais mises au propre, et que j'avais souvent complètement oubliées, comme si elles avaient été écrites par un autre, un être plus rare et plus pur que moi, ce jeune Guibert qui me faisait le cadeau, par ces textes, de me faire croire qu'il était resté moi-même, ou que j'étais resté lui-même, que nous n'étions qu'une seule personne. La redécouverte de ces textes parfois m'enchantait, parfois m'horripilait, mais surtout ils me faisaient la leçon. Pour ne pas mourir d'ennui je m'étais mis à travailler dans ces cahiers d'adolescence, je n'y touchais pas, je me contentais de choisir et de taper à la machine, mais je sentais bien en même temps qu'après leur repossession, cette attribution que je me réservais puisque je les tenais matériellement comme quelqu'un qui en aurait hérité, je ne pourrais plus écrire comme avant. Ces textes me modifiaient comme écrivain. Ils avaient souvent quelque chose de si cristallin, bien sûr je ne pourrais jamais y réatteindre, et il aurait été ridicule de l'imiter comme un fard de vieille femme trop rose, mais ils devaient rester pour moi une ligne de mire, un modèle, une morale. J'avais envie d'une écriture gaie, limpide, immédiatement « communicante », pas d'une écriture tarabiscotée. Pourtant, pour d'autres que moi, ces textes de jeunesse pouvaient sembler obscurs, obscènes, aux limites de la lisibilité. Même si on écrivait rarement comme on l'aurait voulu, mais le plus souvent, malheureusement, juste en dessous, dans une inadéquation, un décalage douloureux, il y avait aussi ces couches de sédimentation de l'écriture accomplie et relativement oubliée, cette mémoire inconsciente, parfois désastreuse parfois salutaire, de l'écriture exercée de l'artisan, de l'instrumentiste dirait Bernhard, qui revenait à la charge pour vous empêcher d'écrire comme un autre que soi-même, ou comme un autre soi-même, parce que ce soi-même aurait été scellé dans l'écriture. Mon départ pour Rome avec David coïncida avec l'amélioration de l'état moral par l'antidépresseur, le Prozac, sans enlever en rien l'épuisement qu'allait suspendre comme par enchantement le DDI. Je me forçai à réécrire chaque matin, et parfois l'après-midi après la sieste, je le faisais sans plaisir et m'y remettais chaque fois avec accablement, mais au moins je faisais quelque chose. Je racontais une histoire dont je connaissais le début, le déroulement et la fin, puisque je l'avais vécue, et c'est peut-être pour cela qu'elle m'ennuyait comme un labeur monotone : parce qu'il n'y avait pas cette marge d'imprévu réservée à l'écriture vivante, à l'écriture gaie. J'étais déjà au fond du gouffre. Mon récit s'intitulait *Miracle à Casablanca.*

Je ne sais plus au juste pourquoi je suis allé à Casablanca. Et pourtant, ce n'était qu'il y a quelques semaines. Avec le recul mon motif m'apparaît vague et irréel. J'ai menti : comment pouvait-on croire à un voyage d'agrément, seul, dans ce pays plein d'adversités, moi qui me disais lassé depuis longtemps de toute idée de voyage ?

La vérité est que j'avais un but, mais aujourd'hui ce but a perdu sa raison. L'avouer le rendrait ridicule. Au freluquet indiscret qui insistait pour le connaître, je répondis que je partais faire des repérages pour un film. Ce n'était peut-être pas tout à fait faux. A l'article de la mort, on me proposait de réaliser un film, et par là mon rêve d'enfant. La productrice charognarde m'avait écrit : « Puisque vous prétendez ne plus écrire, et bien sûr cela ne regarde que vous, il ne tient qu'à vous de recommencer ou de renoncer à recommencer, mais pour l'instant, je vous propose d'occuper cette zone intermédiaire en réalisant un film dont vous seriez à la fois l'auteur et le sujet. » La formule n'était pas mal choisie : à la limite je n'avais jamais fait que cela, à part quelques incartades vers la fiction. J'avais demandé des fortunes à cette productrice, pour gagner du temps aussi. Mais à partir du moment où je signais un contrat, tout ce qui pouvait tomber dans le champ de l'expérience, en l'occurrence ce voyage à Casablanca, devenait en puissance un épisode du film. La productrice, rencontrée la veille de mon départ, me proposa d'emporter une caméra légère, je refusai. Je ne lui dis rien de plus que j'allais à la rencontre d'un homme.

Force me fut par contre de donner plus de précisions au docteur Chandi. Je profitai d'un déjeuner pour lui expliquer en détail ma motivation, je m'attendais à le voir tomber de haut et je riais intérieurement à imaginer la tête qu'il allait faire. Contre toute attente, il me dit, une fois lâché le morceau, qu'une telle démarche n'avait rien de dépaysant pour lui, car il avait trempé toute son enfance, à Tunis, avec sa mère, dans des récits de cette sorte. Mais il tenait à savoir quelle était la part d'espoir et quelle était la part de curiosité de ce plan. Je ne pouvais nier qu'il comportait un certain espoir, sinon ce voyage n'aurait eu aucun sens, mais l'espoir était modéré par la curiosité. Le docteur Chandi me posa différentes questions sur les termes de cette lettre que j'avais reçue, et qui m'avait donné finalement envie de partir. Je n'aurais su dire si ma décision avait fait l'objet de nombreuses tergiversations. Au contraire, je serais tenté de dire, même si c'est faux, que ma décision avait été prise dès la première lecture de la lettre. La vérité est que je partais parce que j'étais à bout de tout, à bout de mes forces, en train de crever, tout simplement, comme une pauvre bête. Je n'avais plus aucun espoir que celui-ci. Devant le fauteuil rouge où je somnolais lamentablement des après-midi entières, la lettre tapée à la machine restait en évidence puisque à chaque ouverture de courrier je veillais à ne pas la laisser recouvrir. Elle portait un numéro de téléphone, et je n'avais qu'un geste à faire, le bras à tendre vers le téléphone, ce qui était encore possible malgré la raréfaction de mes forces, pour tenter de l'obtenir afin de prendre contact de vive voix avec l'homme qui me faisait cette proposition. Au lieu de cela, je relisais sa lettre. Elle était la seule, parmi la masse de courrier que j'avais reçue à la suite de mon livre, dont la proposition, si farfelue fût-elle, était véritablement tentante pour moi, en dehors de la réactivation d'un espoir, parce qu'elle était romanesque. Elle portait autant l'entrevue d'un récit que d'un espoir. L'homme qui l'avait écrite finissait par : « La lecture du moindre de mes livres vous convaincrait que je ne suis, pardonnez-moi de le préciser, ni un fou ni un escroc. »

Le docteur Chandi avait presque tout de suite dit : « Allez-y ! », mais Jules, consulté au téléphone à Porquerolles où il se trouvait pour les vacances de Pâques avec sa famille, dénigra le but de ce voyage. « Que tu ailles à Casablanca, disait-il, soit, ça te changera les idées, mais c'est vraiment grotesque que tu dises y aller pour rencontrer cet homme. » Jules était anxieux, dans l'état où je me trouvais, à l'idée que je fasse seul ce voyage, il me poussa à y emmener quelqu'un. La seule personne avec qui je pensais pouvoir partir était Vincent, je le réveillai un dimanche après-midi au téléphone pour m'entendre dire gentiment qu'à cause de son nouveau boulot de cuistot il n'était pas question pour lui de partir. Parce que Casablanca évoquait encore les opérations clandestines de transsexualité, j'avais aussi dit en riant, à qui voulait bien l'entendre, que j'y allais pour me faire opérer, afin de plaire enfin à Vincent.

David, quant à lui, comme toujours, et par délicatesse, pour ne pas peser par un avis personnel sur une décision pour lui incompréhensible, mais qui devait avoir sa logique dans le développement de ma maladie, n'avait pas d'idée sur la question. Que je parte à Casablanca, parfait. Mais les raisons pour lesquelles j'y allais, ce n'était pas ses oignons.

Ce dimanche-là, ma grand-tante Suzanne se réveilla de son interminable léthargie cérébrale uniquement pour me lancer, après avoir entendu mon exposé, un implacable « Aucune base scientifique ! ». Sa sœur Louise aussi était sceptique, comme le docteur Chandi elle me posa moult questions sur cette lettre que j'avais reçue, il avait beau y être expressément stipulé qu'il ne serait pas question d'argent, je pouvais tout aussi bien tomber sur des gangsters. De tout le déjeuner, pensive, elle ne reparla plus de cette histoire, mais quand je pris congé d'elle, elle me chuchota avec détermination, la tête baissée : « J'ai réfléchi, vas-y, que ça marche ou que ça ne marche pas ce n'est pas ça qui compte, tu n'écris plus, et tel que je te connais ce type d'histoire est pour toi rêvé, quoi qu'il arrive je suis sûre qu'elle te fera réécrire. » L'air de rien, ma grand-tante Louise, à quatre-vingt-quatre ans, me connaissait comme sa poche.

En fait la lettre, sur laquelle je continuais à laisser errer mes yeux entre deux sommes, n'indiquait pas le préfixe pour obtenir Casablanca. J'appelai une opératrice, elle me dit qu'elle me rappellerait pour me passer le numéro en question. J'attendis, elle ne rappelait pas. Je rappelai moi-même, l'opératrice me dit que le câble pour Casablanca était cassé. Le câble cassé, drôle de signe. Etait-ce un soulagement de ne pas pouvoir avoir ce numéro, ou déjà une hantise ? J'avais hâte d'entendre la voix de l'homme qui m'avait écrit, je pensais qu'elle serait déterminante quant à ma décision de partir ou pas.

De toutes les lettres que j'avais reçues, celle de l'homme était la seule à laquelle j'envisageais de donner suite, éventuellement, parce qu'elle venait de Casablanca, qui résonnait fabuleusement, et parce qu'elle évoquait la figure de cet autre homme, qu'on appelait le Tunisien, un industriel retiré des affaires, qui continuait à exercer son art mystérieux pour la seule beauté du geste. Pris de court par l'avalanche de courrier, je n'avais répondu à aucune lettre. A la suite du passage à la télévision, je recevais vingt-cinq lettres par jour. La gardienne attendait le moment où elle croyait que je me réveillais pour sonner à l'interphone, elle disait : « Ce matin encore ça ne tient pas dans la boîte, je fourre tout dans l'ascenseur et je vous l'envoie. » Je déballais mes offrandes, des cassettes, des disques, un gilet de cashmere beige, une bouteille de parfum, des ex-voto, un petit cœur « pour continuer à aimer », un petit livre « pour continuer à écrire ». L'attachée de presse de la maison d'édition craquait de plus en plus, elle m'appelait pour me dire : « On a encore reçu un colis de chez Guerlain, ça doit être du parfum, qu'est-ce que j'en fais ? On vous le poste ou on vous l'envoie par coursier ? Est-ce que je le mets avec le disque qui est arrivé hier ? » Anna, qui collectionnait les têtes de taureaux empaillées, avait conçu le projet d'envahir le bureau de l'attachée de presse avec une de ces têtes monumentales. J'avais fait un malheur en déclarant à « Apostrophes » que je n'écrivais plus, et que je n'écrirais sans doute plus. Les gens m'exhortaient à réécrire. C'était beau, cette ferveur d'inconnus, moi qui me sentais si vide et si morne. Il y avait en gros deux types de lettres, les plus nombreuses disaient : « Vous n'allez pas mourir, parce qu'on ne le veut pas, et parce que vous ne devez pas y croire vous-même, vous allez vous en sortir, on va trouver le remède à temps, et en attendant faites un autre livre, on pense à vous, on vous aime. » Les autres lettres disaient : « Vous allez mourir, ça c'est sûr, mais c'est formidable, parce qu'il y a une logique extraordinaire dans cette mort par rapport aux livres que vous avez écrits. N'oubliez pas, au moment de mourir, que je continuerai toujours à faire connaître vos livres autour de moi, et que ça fera une grande vague pleine de répercussions. » Une jeune femme médecin m'écrivait une lettre de deux pages pour me convaincre d'accepter son sang et sa moelle. Des prêtres me disaient qu'ils priaient pour moi. Je reçus deux petites photos couleurs d'une maisonnette près de Rochefort, la femme m'expliquait qu'elle l'avait louée par hasard à un jeune homme malade du sida, et que la maison au bord de la mer lui avait été très bénéfique, il avait repris du poids, tel professeur à l'Hôtel-Dieu pourrait en témoigner, maintenant le jeune homme était mort, malheureusement, mais elle avait décidé que cette maison devait aider à vivre des malades du sida, alors elle avait pensé à moi, bien sûr son mari et elle étaient à la retraite, ils avaient de petits moyens, donc elle était forcée de me louer la maison, elle avait pensé à deux mille francs par mois. Deux semaines plus tard, parce que je n'avais pas répondu à sa lettre, la même femme m'injuriait presque : « Vous en avez de bonnes, disait elle, mais moi je bloque cette maison pour vous, alors qu'il y a du monde au portillon, mais il va bien falloir vous décider, j'ai un jeune couple qui veut louer, faites-moi savoir votre réponse par retour du courrier. » Un homme, dans une lettre méticuleusement tapée à la machine, m'écrivait : « Moi aussi j'ai eu le sida pendant trois mois, je l'ai attrapé chez un dentiste en faisant un détartrage, j'ai rapidement pu constater la présence du virus dans mes urines, mais comme je suis un peu chercheur, un peu inventeur, j'ai mis au point pour moi-même un traitement, qui a marché, et au bout de trois mois le virus a disparu de mes urines, je vous propose de vous faire bénéficier de mon traitement, vous habiterez chez moi, je vous préviens vous vous occuperez vous-même de faire votre cuisine, mais je viendrai vous chercher à la gare, nous mettrons tout de suite en œuvre ma méthode, et nous examinerons tous les soirs ensemble vos urines pour observer la disparition progressive du virus. » Un autre fou aimable me suggérait de faire descendre ma température d'un degré afin de refroidir le virus. Dans chaque livraison de courrier je recevais des propositions de thérapeutiques alternatives, soit par la crudothérapie, soit par la méthode du professeur Bartovski. Ma sœur elle-même, quand elle avait appris la nouvelle, m'avait proposé de me rendre à la frontière allemande pour subir de très longues piqûres, très douloureuses et très onéreuses, mais qui avaient déjà guéri plusieurs cancers. Une femme m'envoyait sa photo, elle me racontait son histoire : elle avait vécu heureuse pendant vingt ans avec son mari, qu'elle aimait, mais il l'avait quittée, et maintenant elle se retrouvait seule, ses grands enfants eux aussi étaient partis. Déboussolée, elle s'était mise à traîner dans des bars et à boire. Dans une boîte de nuit elle avait remarqué un jeune homme à la présence étrange, fascinante, elle lui avait parlé, finalement ils avaient passé la nuit ensemble. Le lendemain, le garçon lui avait avoué être bisexuel, et s'être même prostitué pour des hommes à une époque où le sida sévissait déjà. Il avait disparu sur ces révélations. La femme s'était retrouvée plongée dans un abîme de détresse : devait-elle faire le test ? ne pas le faire ? Elle se rongeait, impossible de prendre une décision. Le jeune homme réapparut : elle le convainquit de faire le test. Miracle, il était négatif. Elle avait eu cette chance, mais moi je ne l'avais pas eue, alors elle voulait m'aider. Elle me proposait de venir vivre chez elle, elle me dressait la liste des différentes commodités de sa maison : trois salles de bains, une chaîne hi-fi, un téléviseur de tel type, un four à micro-ondes, une voiture de telle marque, les trois villes les plus proches s'appelaient comme ça, et elle pourrait me conduire à mon choix dans telle ou telle de ces villes, enfin elle m'envoyait cette photo pour me « prouver qu'elle n'était pas une vieille mémée rabougrie ». La lettre de Casablanca, si j'y réfléchissais, avait quelque chose de commun avec toutes ces lettres plus ou moins folles, mais je m'exerçais à la relire pour la trouver totalement raisonnable. Mon correspondant de Casablanca commençait par dire qu'il partageait la même profession que moi, si on pouvait l'appeler ainsi, et qu'il avait déjà publié tant de livres, dont cinq dans la maison qui éditait les miens. Il n'avait pas lu mon livre, mais il m'avait vu à la télévision, et il s'était dit qu'il ne pouvait pas laisser perdre comme ça un être de qualité. Il avait un ami qui avait déjà guéri plusieurs maladies graves, dont des cancers, mais il n'en faisait pas une profession : il n'avait pas besoin d'argent, et refusait d'être payé. L'écrivain l'avait consulté à mon propos, il se trouvait que le guérisseur m'avait également vu à la télévision. « Croyez-vous que vous pouvez faire quelque chose pour ce jeune homme ? » lui avait demandé l'écrivain. « Oui, je crois pouvoir le guérir, avait répondu le Tunisien, il faudrait juste qu'il vienne passer une dizaine de jours à Casablanca. » Le guérisseur posait à cela une seule condition : que son anonymat soit respecté. Devant les assauts des malades, il avait dû déménager plusieurs fois. Venait alors dans la lettre une phrase sur le don de soi, qui n'était rendu possible que dans la concentration. « Vous n'aurez donc à prendre en charge que les frais du voyage, poursuivait l'écrivain, l'hôtel et vos repas pendant une dizaine de jours. »

Incidemment et auprès de plusieurs personnes je commençai à prendre des renseignements sur l'homme qui m'avait écrit. L'attachée de presse de la maison d'édition dont il se réclamait me dit qu'il était inconnu au bataillon, puis, saisie d'un doute, elle consulta une liste et me dit que cet homme avait en effet publié des livres dans cette maison, mais une dizaine d'années plus tôt. Les effectifs avaient changé, plus personne ne se souvenait de cet écrivain. David, qui en avait parlé à son chef de service, rapporta de cette conversation que c'était un « mauvais écrivain », et, ajouta-t-il, « moi je ne ferais pas confiance à un mauvais écrivain ».

Un après-midi de semi-prostration, je rappelai l'opératrice pour avoir le numéro à Casablanca. « Vous n'arrivez pas à avoir la ligne ou le numéro est en dérangement ? » me demanda-t-elle. Elle m'apprit alors que je pourrais l'obtenir directement, en composant tel indicatif. Une petite voix fluette était au bout du fil : celle d'un homme de petite taille, professeur en retraite qui se guérit mal de son inactivité. J'aimais bien cette voix, elle me rassurait. Elle me rappelait la voix du père de Jules, cet homme si charmant, si timide, qui m'avait pris un jour pour lui au téléphone, et m'avait dit : « Ah, c'est toi mon chou ? » L'homme me dit tout de suite qu'il attendait mon appel, que son ami était pour l'instant absent de Casablanca, avec sa femme et leurs enfants en vacances dans les monts du Haut-Atlas, mais qu'il devait revenir la semaine prochaine, et que ce serait bien que j'arrive le plus vite possible. « Attendez, me dit l'homme, il y a ma femme qui me dit quelque chose... » Ces éléments familiaux me rassurèrent aussi. L'homme me demandait si je souhaitais habiter au bord de la mer ou en ville, si je craignais le soleil, il visiterait des chambres avec sa femme pour m'en réserver une. Nous convînmes de nous rappeler quelques jours plus tard. Autant j'étais accablé avant ce coup de téléphone, autant ensuite une étrange gaieté s'empara de moi. Je mis un disque de chansons et je chantais en criant presque au-dessus de la voix de la chanteuse. Je me sentais fort et éternel.

Quand je rappelai l'homme pour lui confirmer mon arrivée et mon numéro de vol — il se proposait de venir me chercher à l'aéroport avec sa femme —, il dit à plusieurs reprises : « Vous reconnaîtrez tout de suite ma femme : une crinière blanche, une crinière de lionne. » Je percevais quelque chose d'un peu inquiétant dans la façon dont il avait répété les mots lionne et crinière. J'en profitai pour lui poser quelques questions supplémentaires sur « leur ami ». Il m'apprit que c'était un homme athlétique, qui avait tâté de la boxe. Ce détail me plut énormément : un boxeur, industriel à la retraite, qui opérait des miracles à Casablanca, il ne m'en fallait pas davantage pour avoir de plus en plus envie de le rencontrer. Je pressentais quelque chose d'extraordinaire.

Le départ était fixé au jeudi dans l'après-midi, et il était convenu que j'aurais un premier rendez-vous avec le Tunisien dès le lendemain de mon arrivée, le vendredi à 15 heures. Le professeur m'avait prévenu que le passage à la douane risquait de faire problème : « Ici, ça ne se passe pas du tout comme à Paris, ils vous font des embarras. » A l'aéroport de Casablanca, en attendant mon tour devant le guichet des passeports, le premier visage que je vis, derrière une vitre de verre teinté, fut celui, sinistre, d'un petit homme malingre, à la peau presque bleue. Je pensais à part moi que c'était mon homme, et j'en avais déjà des frissons, l'art de son ami guérisseur n'avait pas à proprement parler fait merveille sur sa personne. Derrière le contrôle, une haie de personnes attendaient. J'évitais de regarder dans cette direction. Je me sentais observé. Puis je relevai la tête, et je tombai sur la crinière blanche. On me fit un petit signe. A côté de la lionne se tenait un tout petit homme, semblable au dessin de Sempé. Dans le box où je devais montrer mon passeport, un

210

douanier dévoilait à un autre, en riant, un collier qu'il caressait en le laissant glisser dans sa paume pour le faire admirer. On me demanda d'ouvrir mon bagage et l'on mit sur le dessus un signe à la craie. J'aurais pu éviter cela si moi aussi, m'expliqua-t-on, j'avais glissé un collier en gage.

Il va falloir maintenant raconter, le plus en détail possible, mon séjour à Casablanca, et ma rencontre avec le Tunisien. Les clichés de l'IRM, imagerie par résonance magnétique, ont révélé des « zones floues » dans la matière blanche du cerveau. Me remémorer m'est difficile. J'ai du mal à me concentrer, à lire, ou à retrouver un souvenir. Hier, quand j'ai entrepris ce récit, malgré ma fatigue et le temps orageux qui rendait tout cotonneux, les fameux vibrions de lumière blanche phosphorescente scintillaient entre mes yeux et la page, les empêchant de tenir une ligne de conduite. Depuis tout à l'heure, je recherche le nom de la ville où l'avion a fait escale avant de se poser à Casablanca, j'ai l'impression que ça commence par un D, c'est une des villes les plus connues du Maroc, sur la côte atlantique, au sud de Tanger, mais je ne le retrouve pas. Ce n'est pas Djerba, bien sûr, qui me vient pourtant à l'esprit, mais si le D était une fausse piste ?

Tout de suite à l'aéroport je constatai que ces gens qui m'accueillaient étaient délicieux, réellement sympathiques, discrets, attentifs, délicats. L'homme insista pour porter mon bagage tandis que la femme partait récupérer la voiture au parking. Sur l'esplanade, au soleil couchant, en attendant que sa femme revienne, l'homme se mit à me faire le récit des guérisons opérées par le Tunisien. Il avait dissous des calculs rénaux, et il n'avait qu'un geste à faire pour que les méningites disparaissent. Un jour, la sœur du professeur l'avait appelé pour lui demander de venir de toute urgence, leur mère était mourante, les médecins de l'hôpital disaient qu'elle n'en avait plus que pour quelques jours, mais à distance, rien qu'en pensant à elle, et en lui faisant boire un verre d'eau à une heure précise, le Tunisien l'avait sortie de là. La femme, qui conduisait la voiture — « je suis le chauffeur et la secrétaire de mon mari », disait-elle —, surenchérit dans ces récits. « Le Tunisien est un homme naïf », dit-elle. « Vous verrez, ajouta son mari, il y a en lui une part de charlatanisme sans lequel sans doute ne peut se produire ce genre d'office. » Le Tunisien était un homme bon, généreux, qui connaissait très bien les textes saints. « Il ne le dit à personne, parce qu'il a peur que ça semble un peu ridicule, et à vous il ne le dira jamais, et il serait furieux s'il savait que je vous le dis, mais il a vu la Vierge à l'âge de sept ans. » Le Tunisien était franc-maçon, il tentait de rallier le professeur et sa femme à leurs réunions, mais le professeur disait qu'il ne voulait appartenir à aucun groupe. Le Tunisien n'avait jamais de chance : il avait tenté de faire fortune en montant un élevage industriel de poulets, mais toutes les volailles étaient mortes et son associé était parti avec le magot. Il vivait maintenant, on ne sait trop comment, de locations d'appartements qu'il possédait un peu partout au Maroc. Mais, encore une fois, le sort s'acharnait sur lui : il avait acheté un terrain pour se faire construire enfin une maison décente, les fondations étaient posées, le gros œuvre commencé, et voilà que les ingénieurs du Roi avaient décidé de percer une autoroute sur cet emplacement, sans prévoir aucun dédommagement. Le professeur s'escrimait en courriers et en coups de téléphone à un de ses anciens élèves devenu ministre. J'écoutais les récits du couple en regardant défiler les abords du centre-ville. « Ça, c'est le quartier résidentiel, lança la femme, et il y a même des maisons avec des robinets en or, vous entendez bien, des robinets en or ! »

Il fallait atteindre le bord de mer pour gagner mon hôtel où le couple m'avait finalement réservé une chambre pour que ça soit en même temps pour moi, dirent-ils, avec l'océan et le soleil, des journées de vacances. On passa devant une mosquée que s'était fait construire, m'expliquèrent-ils, un prince saoudien, qui avait son tripot avec sa roulette et son bordel derrière le temple. Piqué au vif par cette construction démesurée, le Roi avait décrété qu'il ferait construire au-dessus de la mer, comme une vision biblique, la plus grande mosquée du monde.

Le couple insista pour m'accompagner dans ma chambre. L'hôtel *Karam,* dont mon ami Hedi m'avait dit que le mot signifiait en arabe « miséricorde », mais qu'un réceptionniste me dit ensuite ne rien vouloir dire du tout, qu'un nom comme ça sans signification, était bâti au bord de l'océan, dans des matériaux déjà rouillés, entre la grande plage de Casa, où déferlaient les rouleaux, et une série de plages privées qu'on appelait les piscines. La femme du professeur se pencha au-dessus du comptoir de la réception pour chuchoter à la femme qui s'y trouvait, d'un air d'importance, en me désignant, que j'étais un hôte du palais royal, et la femme montra dans l'indifférence de son regard qu'elle se contrefichait d'un tel mensonge.

L'ascenseur ne fonctionnait pas : il fallut qu'un groom avec un fez vînt le remettre en marche. Ma chambre était au quatrième étage, tout au bout du couloir, près d'une baie vitrée d'où l'on apercevait la plage, bleutée et déserte. L'océan produisait un bruissement ininterrompu, sans modulation, comme un fracas assourdi. Du petit balcon de la chambre, le couple me désigna l'esplanade qui s'étendait juste en dessous : ç'avait été la piscine la plus chic de Casablanca, le Kontiki, c'était d'ailleurs la piscine qu'ils fréquentaient eux-mêmes, mais un raz de marée l'avait emportée, et il n'en restait plus que des passerelles de céramique écroulées, des pylônes isolés, des bassins vides teintés de dégradés bleu pâle ou ocre. Le professeur et sa femme proposèrent de passer me rechercher pour aller dîner une heure plus tard. J'étais grisé par l'océan, par ces immenses rouleaux blancs aplatis et violents, qui déferlaient régulièrement, et sur lesquels Vincent aurait aimé faire du surf. Je ne regrettais pas de ne pas être avec lui, mais je pensais toujours tendrement à lui.

Quand nous étions arrivés à l'hôtel, ses abords étaient déserts, mais quand le couple vint m'y rechercher pour aller dîner une foule bruyante allait et venait sur la promenade, le kiosque à journaux était ouvert, les terrasses des cafés regorgeaient de monde. « C'est dommage que vous tombiez en plein Ramadan, me dit la femme, ils vont faire du foin toute la nuit. Du lever du soleil à son coucher, ils n'ont pas le droit de manger, ni de boire une goutte d'eau, ni de faire l'amour. Ils attendent le son de la cloche, à sept heures, autrefois c'était un coup de canon. Alors ils se rattrapent la nuit pour faire des bamboulas du tonnerre de Dieu. Mais vers sept heures du soir vous ne verrez personne dans les rues, ils sont tous chez eux à bâfrer. C'est pour ça que je ne sais pas s'il y aura grand monde dans notre club, les Marocains ne sortent pas au restaurant pendant cette période, et les Européens redoutent le tintouin. »

Le Club des Clubs de Casablanca, fanions CCC, en effet, était désert. Les serveurs et le cuistot se levèrent de leur table en nous voyant arriver. Le professeur parlait familièrement aux garçons, il les appelait par leurs prénoms, les tutoyait, regrettait l'absence de son préféré, qui était disait-il d'une grande beauté, devant sa femme qui restait de glace, méfiante. Le professeur avait un petit air gourmand et satisfait, il croisait ses mains et on l'aurait presque vu dodeliner de la tête pour marquer son contentement. Sa femme, à côté, était raide dans son costume d'homme de couleur grise rehaussé d'une cravate de soie, elle serrait sur sa hanche un petit sac plat, sa chevelure de lionne blanche crépitait, elle sentait le rouge à lèvres, comme ma mère autrefois. « Je n'oublierai jamais ce que le Tunisien a fait pour notre fille, recommença-t-elle, parce qu'elle était, mais alors vraiment fichue. Complètement partie dans une histoire de secte avec un gourou, et elle ne disait plus un mot, elle ne mangeait plus, elle était comme paralysée. Le Tunisien est venu la voir, il lui a juste dit : " Allez, lève-toi, et marche. " Elle s'est levée en titubant, a commencé à marcher. " Non, pas comme ça, lui a-t-il dit, marche, mais marche pour de vrai. " Elle était guérie. »

On parla un peu « littérature ». Le couple tenait à ce que je leur raconte le passage à « Apostrophes », où en fait ils avaient fait ma connaissance. On sentait que c'était un monde qu'à la fois ils méprisaient — « ce côté steak-frites de Pivot », dit la femme —, mais un monde inappropriable, qu'ils convoitaient d'approcher, parce qu'il serait le signe d'une certaine réussite. La femme se mit à raconter toutes les démarches malheureuses qu'elle avait entreprises à Paris avec des manuscrits de son mari : la grossièreté des éditeurs qui la recevaient les pieds sur la table, le rabiotage des droits d'auteur, les fins de non-recevoir. Le petit homme ne mettait pas la même énergie que sa femme à évoquer ses humiliations : il était au-dessus de ça, il prenait les choses avec philosophie, patience, résignation. Bien sûr il avait foi en son œuvre, dont il comparait l'architecture à celle de Proust avec un petit sourire ironique envers lui-même, et en même temps il en doutait terriblement au moment de commencer un nouveau livre, sans les béquilles de l'enseignement et des rapports cordiaux avec ses élèves. Il évoquait avec tristesse cette période faste de ses amitiés avec ses étudiants : il y en avait toujours un fourré à la maison, le téléphone n'arrêtait pas de sonner, un étudiant lui disait : « Oh monsieur, j'aime tellement entendre votre voix ! » Mais la femme sous-entendait que son mari était trop bon, la bonté incarnée disait-elle, et qu'on en profitait toujours pour le rouler. « Ça m'est égal qu'on ne soit pas honnête, répliquait-il, quand j'aime quelqu'un c'est pour la vie. » Pour changer de sujet de conversation, car on sentait que c'était leur seul motif de dissension, la femme se mit à énumérer les articles dont des journalistes avaient gratifié son mari ces dernières années. L'un d'eux avait même écrit qu'il serait un parfait Prix Nobel. Il avait été nommé dans une liste pour le Prix Renaudot, mais le prix en définitive, on ne sait à cause de quelles magouilles, lui était passé sous le nez. Il y avait une sorte d'amertume dans ces évocations d'échec, mais le professeur se claquemurait dans son sourire modeste, en même temps assuré de sa propre valeur, qui serait un jour publiquement reconnue. Se dessinait devant moi une figure que je n'avais jamais encore approchée : celle de l'écrivain méconnu.

Quand je rentrai dans la chambre, où j'avais pourtant laissé la lumière allumée, d'énormes cafards roux, dans la salle de bains, grouillaient partout. Ils détalaient, jusqu'au moment où ils comprenaient, semblait-il, qu'on voulait les tuer. Alors ils se figeaient dans un étonnement douloureux et s'offraient sans réserve au coup de chaussure qui les transformait en bouillie. L'éclair d'une seconde, ils avaient tout compris de la cruauté des hommes, et en témoigneraient au paradis des cafards. Je laissai le plafonnier de néon allumé à la tête de mon lit, me protégeant avec les mains de la douche de lumière qui tombait sur mes paupières.

Il avait été convenu, pour le lendemain matin, que si je n'appelais pas le professeur et sa femme en vue de visiter la vieille ville arabe, ils passeraient me chercher à l'hôtel à deux heures et demie pour le rendez-vous. Je partis en direction de la plage. Le temps était couvert. J'accédai à la plage par une rampe de pierre sur le rebord de laquelle je m'assis. Juste derrière moi, dans des broussailles, se trouvait un point d'eau, de jeunes garçons venaient s'y laver, s'asseyant la tête sous le jet et s'ébrouant. Ils lavaient aussi leurs vêtements qu'ils étendaient dans les bosquets d'épineux. A la dérobée je contemplais leurs torses minces et musclés. Un vieil homme en turban était venu remplir une bouteille au point d'eau, et se lavait interminablement les pieds. En contrebas sur la plage, à proximité des roulcaux, deux jeunes garçons en maillots blancs s'adonnaient à une gymnastique symétrique, comme si un miroir les séparait : tête contre tête, ils étaient en train d'abattre une série de pompes. Puis ils coururent dans les vagues. Je me décidai à m'approcher d'eux, et à les encercler de loin, le plus discrètement possible. Cette fois-là, je ne retirai pas mes chaussures pour marcher dans le sable, c'était peut-être la première fois que je ne marchais pas pieds nus dans le sable, je veillais à éviter les traces trop luisantes, les zones trop molles que laissaient les fins de vagues. Finalement j'avais évité les deux garçons, et poursuivis mon chemin sur l'immense plage déserte. Quelques hommes y dormaient pourtant, au bord des dunes. Je marchais en direction d'un mirador, avec un drapeau. Chaque fois que je voyais un fanion sur une plage, je lui superposais la tête de mort des baignades dangereuses de mon enfance. Dans le sable il y avait des empreintes de chevaux. Le soleil s'était mis à taper. La femme du professeur avait dit la veille : « Comme le disait tel écrivain, le Maroc est une terre froide, avec un soleil brûlant. » Je sentais le soleil frapper ma nuque et le dessus de mon crâne dégarni, il commençait à me faire mal. Je fis demi-tour. Les garçons en maillots blancs rangeaient leurs affaires sur la mobylette qu'ils avaient emportée jusqu'à la lisière des vagues pour la surveiller. Le soleil s'était bien installé, et des dizaines de jeunes gens accouraient maintenant sur la plage, qui serait bientôt, depuis le balcon de mon hôtel, noire de monde.

Je rebroussai chemin, dépassai l'hôtel, et continuai en direction des piscines. Je m'étais senti bien sur cette plage, ma fatigue m'avait abandonné, j'avais pensé à la rencontre de l'après-midi, j'avais réfléchi au sens ou à l'absence de sens qu'elle avait pour moi, et on aurait dit que le Tunisien, déjà, avait commencé à faire son œuvre en moi. J'étais fort de nouveau, et de nouveau éternel.

Des ouvriers déblayaient et nettoyaient les piscines envahies par les saletés de l'hiver, en prévision de la saison. C'étaient des travailleurs de force, des Noirs, torse nu, qui avaient noué des linges écarlates sur leur crâne et qui, dans les trouées de sable où ils faisaient réapparaître des espaces praticables, avaient l'air d'archéologues sauvages. Les premières touristes blanchâtres s'étaient réfugiées au fond des piscines vides pour bronzer à l'abri du vent. Le Hawaï Beach, avec ses paillotes grises brûlées par le soleil, suscitait la plus grande désolation : on ne voyait pas comment on pourrait rafraîchir ces lambeaux de palmes exténuées. Le soleil tapait de plus en plus fort. Je pensai revenir sur cette promenade pour y prendre des photos. Le Kontiki, où je repassai pour regagner l'hôtel, attirait toutes sortes de silhouettes étranges, solitaires, faméliques, des chiens errants, des chats pelés, des enfants, des gymnastes, des vieillards qui venaient y faire leur lessive, pendant leurs défroques sur ce qui avait été dix ans plus tôt les montants des tentes et des parasols de l'établissement de luxe. Ils étaient tous comme des fantômes qui avaient repris leurs droits, avec la complicité des raz de marée, et de l'érosion.

« Appelez-moi Jacqueline, me dit la femme du professeur, et n'appelez plus mon mari monsieur, appelez-le Yves, nous vous appellerons Hervé. » La voiture quittait le centre-ville pour s'enfoncer vers des banlieues, comme des couches en coupes elle traversait des quartiers de plus en plus populaires. Je me demandai si la femme du professeur ne compliquait pas le trajet à dessein, afin que je sois incapable de le retrouver si un jour je tentais de le faire seul ou d'y conduire quelqu'un. J'avais le trac, et des maux de ventre, j'avais imprudemment mangé une brochette d'agneau qui sentait fort. Nous contournions un petit immeuble de trois ou quatre étages, de type logement économique, en longeant un mince espace afin d'éviter les rigoles d'eau qui tombaient des fenêtres. « C'est une salle de bains qui fuit, dit la femme du professeur, ils ne l'auront pas réparée depuis la dernière fois où nous sommes venus, il y a des mois. » Des enfants hébétés nous regardaient passer en se serrant dans les falbalas de leurs mères, nous n'avions visiblement pas le genre maison, mais les locataires comprenaient la raison de notre visite, car il en affluait tous les jours comme nous, le Tunisien attirait les gens les plus différents du monde.

Sur la porte il y a un tout petit bout de papier

épinglé avec, écrit à la main : « Le Tunisien — Lumière. » La femme du Tunisien s'appelle Madame Lumière, c'est son nom. Ils se sont connus à l'école, le Tunisien avait quinze ans, la petite Lumière en avait dix. Ils se sont perdus de vue, m'explique la femme du professeur en chuchotant, ont chacun fait de son côté un mariage malheureux comme on dit, et se sont retrouvés à l'âge de trente ans. Depuis, ils s'appellent l'un et l'autre comme ils s'appelaient à l'école, par son nom de famille à elle et par son sobriquet à lui, Lumière et le Tunisien.

J'imaginais un très vieux Tunisien tout ridé, glissant très lentement sur des babouches, ou déjà paralysé dans son trône, avec des mains douces et fripées qui auraient pris les miennes, des petits yeux malins et profonds, revenus de tout, qui m'auraient fixé en scintillant du fond de leurs orbites. La porte s'ouvre : c'est un chanteur d'opérette. Luis Mariano, Georges Guétary, Rudy Hirigoyen du temps de leur splendeur. Un grand homme baraqué, tout habillé de blanc : mocassins blancs, socquettes blanches, pantalon blanc moulant, chemise blanche, tricot blanc à grosses mailles, avec juste une cravate bleue, un diamant au doigt, des chaînes et des bracelets en or, un sourire de dentier éclatant et, sur le haut du front, une longue mèche brune transversale et laquée, prise par-derrière d'un coup de peigne tranchant au-dessus de la nuque. Je pensai à part moi : « Tu peux peut-être guérir les cancers, mon bonhomme, mais tu ne détiens apparemment pas la formule magique pour faire repousser les cheveux. »

Nous entrons dans un salon bourgeois, qui contraste avec la pauvreté de l'immeuble. Des rideaux de nylon laissent apercevoir un terrain vague. Sur les commodes, une profusion d'objets qu'on sent être des présents de reconnaissance : des assiettes de cuivre, d'inutiles narguilés, de petites tapisseries, des services à café en porcelaine peinte, des flûtes à champagne teintées. « Tenez, asseyez-vous là, à côté de moi », me dit le chanteur d'opérette en me poussant dans un canapé, tandis que le professeur et sa femme se recroquevillent sur un petit sofa près du magnétoscope. « Vous n'avez qu'à passer un film en nous attendant, dit le Tunisien.

— Oui, mais débarrassez-le d'abord de son mal de ventre, dit la femme du professeur avec une certaine hystérie, il a mangé une cochonnerie, il ne faudrait pas qu'il traîne ça.

— Il y a plus grave, dit le Tunisien en me fixant. Je vous préviens : je ne connais rien à ce virus, et je n'ai pas besoin de savoir, car je vois que vous êtes déjà terriblement atteint, mais on va essayer de vous sortir de là.

— Je suis en train de crever, voilà pourquoi je suis venu. Je suis à bout de forces, j'ai perdu tous mes muscles, je suis comme un vieillard, je n'arrive plus à manger, la nourriture ne passe plus, plus rien ne passe, ni le temps ni rien...

— Je sais déjà tout ça, me dit le Tunisien en me

fixant cette fois en plissant les yeux, comme s'il regardait à travers moi, mais de toute façon, même avant que vous soyez malade, vous n'étiez déjà que douleur, vous n'avez toujours été que douleur... Allez, viens mon fils », me dit-il, en me donnant une tape sur la cuisse. Et, en se tournant vers le professeur et sa femme : « Je vous l'enlève, mettez-vous une cassette, je vais rester un peu de temps avec lui.

— Je vous en prie, prenez tout le temps dont vous aurez besoin, dit la femme du professeur d'un ton un peu larmoyant, mais d'abord débarrassez-le de cette saloperie qu'il a mangée. »

Le Tunisien m'emmène dans un bureau étroit avec une armoire en acajou, des rideaux de nylon, une table vide avec un coupe-papier et des enveloppes, il doit y avoir des tableautins au mur mais je n'y fais pas attention, une chemise déboutonnée est pendue à un cintre accroché à la clef sur l'armoire, c'est cette chemise que je fixe, une fois que le Tunisien m'a poussé en arrière, d'un geste brusque, en appuyant au milieu de la poitrine, sur le petit canapé à deux places où il s'assied, à ma gauche. « Retirez votre veste », me dit-il, je la pose chiffonnée à ma droite, je pense en souriant à part moi que c'est le coup du guérisseur qui fait les poches de son client une fois qu'il l'a mis en lévitation. Ma tête est renversée sur le rebord du canapé, je garde les yeux ouverts, je sens une main du Tunisien qui vient se mettre devant mon cou, tout contre la pomme d'Adam, mais sans la toucher. « On va d'abord travailler sur la thyroïde », dit-il. Je sens la main du Tunisien qui ne me touche pas, mais qui dégage de la chaleur. Je lui dis : « Vous avez préparé cette séance ? Vous y avez pensé avant que j'arrive ?

— Qu'est-ce que tu veux dire ? Tu permets que je te tutoie, tu es comme un fils pour moi, d'ailleurs tu as l'âge de mon fils, trente-quatre, c'est ça ?

— Je voulais dire : vous avez réfléchi au travail que vous alliez faire ?

— Absolument pas. Je vais te dire la vérité, c'est que j'ai fait la sieste. Ma femme avait des misères, parce que ses enfants étaient repartis, j'ai dû la consoler, puis je suis allé au marché. J'ai fait cette sieste, et c'était l'heure du rendez-vous. Respire !

— Votre femme n'est pas là ?

— Non, elle est sortie. Tu ne sais pas respirer. Je n'y comprends rien à ce virus, je n'ai jamais vu ça. Ça ne marche pas. Je te sens comme un cancéreux, mais c'est tout le contraire. Tu es comme un cancéreux inversé. Tu sens quelque chose là ?

— Non.

— Tu sens ta tête qui tourne ?

— Non. Je sens de la chaleur. Votre main dégage de la chaleur.

— Ce n'est pas de la chaleur, c'est du magnétisme. »

Le Tunisien se lève et reste debout devant moi, je sens ses mains au-dessus de mes cheveux qu'elles frôlent à peine par moments, puis de chaque côté de mes tempes. Son sexe dans son pantalon blanc moulé est tout contre ma bouche, je fixe une tache qui a été grattée sur le devant du pull-over blanc sans manches. J'aimerais voir la tête du Tunisien à cet instant. Son visage à lui tourné vers le mur, derrière le canapé. Je me demande s'il a les yeux ouverts ou fermés, s'il rit, s'il pense à autre chose, s'il s'ennuie, s'il est heureux.

« Ah il est vicieux, ce virus ! Tu sens quelque chose qui tombe sur tes genoux ?

— Non, je ne sens que la chaleur.

— Elle descend jusqu'aux testicules ?

— Non.

— Elle va descendre. Je n'y connais rien, hein, je dis ça comme ça, mais je sens qu'il y a un vivier dans les testicules, et un autre dans le cerveau, dans cette glande-là, par-derrière. Mais dans le cerveau j'ai l'impression que le virus n'est qu'une ombre qui s'y réverbère. En tout cas il n'aime pas l'oxygène, ce virus. Respire à fond. Encore. Encore plus fort. Tu ne sais pas respirer. Tu n'oxygènes pas ton sang, tes poumons manquent d'oxygène, ton cerveau manque d'oxygène, et du coup le virus est en train de les boulotter. Tu dois respirer à fond comme ça, pas toujours, tu suffoquerais, mais au moins une demi-heure par jour, quand tu y penses, quand tu as le temps. Tu sens que ça descend ? Ça doit arriver jusqu'aux pieds. Tu me diras quand c'est dans les pieds. La tête ne tourne pas ?

— Si, un peu.

— Tu vois, je dirais à un médecin : le virus n'aime pas l'oxygène, c'est une intuition, je ne sais pas pourquoi, mais si le médecin était assez bête pour le prendre comme une découverte, il ferait injecter de l'oxygène dans le sang de ses malades, et je suis à peu près sûr qu'il les ferait crever comme des bêtes. »

Je continue de fixer la tache en plein milieu du pull blanc, je sens la chaleur des mains du Tunisien se répandre en moi. Il ne parle plus. Je dirais qu'il a les yeux fermés. Soudain je l'entends chuchoter :

« Mon Dieu, aidez-moi. Aidez-moi, mon Dieu. »

J'ai envie de relever la tête pour voir son expression. Je ne peux pas. Son corps dressé me plaque sur le canapé. Je demande, tout bas :

« Vous croyez en Dieu ?

— Ecoute, je ne vais pas te dire : Père Noël, aidez-nous, ça ne ferait pas sérieux, tu n'aurais pas confiance en moi. Mais moi je crois au Père Noël, c'est la même chose. Si on ne croit pas au Père Noël dans la vie, on est fichu. Mais toi je ne te demande pas de croire. Moi je crois pour deux. Et surtout pas de méthode Coué, hein !

— C'est quoi la méthode Coué ?

— C'est se répéter à tout bout de champ : je vais guérir, je vais guérir. Tu t'empoisonnes et tu perds ton temps. Respire. Ça descend maintenant ?

— Oui, je le sens dans mes jambes.

— Il faut que ça aille jusqu'aux pieds. Il faut que tu en aies partout. Je commence un peu à comprendre ce virus, comment il se déplace. Au début j'étais perdu. Je me suis dit que c'était cuit. On va essayer de fabriquer ensemble un autovaccin, parce que pour l'instant toutes tes glandes, colonisées par le virus, travaillent contre toi. Il faut affaiblir le virus pour qu'elles retravaillent pour toi, qu'elles retrouvent leur rythme de fabrication des anticorps. Il va falloir inverser le processus. On va essayer. Je ne dis pas que ça marchera, hein, mais de toute façon tu vas t'en sortir, je le sens. Même si l'autovaccin ne marche pas, je te recharge tellement que tu vas pouvoir tenir jusqu'à ce qu'on trouve quelque chose qui marchera. On a dit tellement de choses sur ce virus, mais on n'en sait toujours pas grand-chose. La première fois que j'en ai entendu parler, je crois, ça devait être en 80 ou en 81, c'était un prêtre, un ami. Il m'a dit : " C'est le châtiment de Dieu. " Je lui ai dit : " Vous êtes un con. " Et je ne l'ai plus jamais revu. Respire à fond. Je n'ai pas lu ton livre, tu sais, je ne sais même pas comment tu t'appelles. Mais je t'ai vu à la télévision, et maintenant tu es mon fils.

— Votre fils vit où ?

— En Amérique. Ça va, mon fils. Il est en bonne santé. »

De nouveau il se tait. Puis je l'entends chuchoter, toujours dressé au-dessus de moi :

« Allez, fous le camp, saloperie de virus, taille-toi ! Mon Dieu aidez-nous. »

Après un nouveau silence :

« Les méningites, j'en ai pour cinq minutes, mais toi je te garde un peu plus longtemps. Les méningites, on m'apporte l'enfant, ça prend cinq minutes, il repart, il est guéri. J'ai guéri des cancers, des calculs, des pneumonies à répétitions...

— Vous aimez guérir des enfants ?

228

— Non, pas plus que des vieillards. Un vieillard aussi a été un enfant.

— Depuis quand vous guérissez ?

— Depuis que je suis tout petit. Je vais te le dire, mais je ne le dis à personne : j'ai vu la Vierge quand j'avais sept ans.

— Comment elle était ?

— Une belle fatma. Je rentrais de l'école, j'allais me laver les mains dans la salle de bains et la fatma était là, elle sortait du mur, et elle me parlait, je lui répondais. Ma mère est entrée dans la salle de bains, elle m'a vu parler au mur, elle s'est évanouie.

— Vous l'avez revue la Vierge ?

— Oui, à deux reprises. Et puis je ne l'ai plus vue, jusqu'à ce que j'aie eu douze ans. Mais là, c'est moi qui suis tombé en catalepsie. J'étais paralysé. Je n'ai plus parlé pendant des semaines... »

Le Tunisien s'est rassis à ma gauche, il place une main sous mes testicules, son autre main à proximité de ma gorge, en rabattant mon menton en arrière.

« Respire fort. Je sens que c'est rentré. C'est comme une batterie qui était complètement vide, je te recharge. Avec l'autovaccin, on va essayer que le virus se dévore lui-même, ce sont des images, hein, mais un peu comme un scorpion qui se pique avec sa queue... Tu prendras aussi du magnésium, tu respireras, et on va se mettre d'accord sur une heure, une fois par semaine par exemple, à l'heure que tu veux, pour que tu boives un verre d'eau en pensant à moi, et moi je me concentrerai sur toi... Et si tu me vois près de toi un

jour, n'aie pas peur, ça arrive souvent. Ça, si tu me
vois près de toi, c'est le signe que tu es complètement
guéri. Respire à fond encore. On va te tirer de là.

— Yves et Jacqueline m'ont dit que vous faisiez
souvent boire des verres d'eau.

— Oui, très jeune, quand j'ai commencé à guérir
des camarades, vers quatorze-quinze ans, j'ai fait
boire des verres d'eau. Je ne savais pas pourquoi. Et
puis j'ai lu le Nouveau Testament et j'ai compris. On y
parle d'un guérisseur, dans une des versions de
l'Evangile, on dit : " C'était un guérisseur ", et dans
une autre version où l'on parle de la même personne
on dit : " C'était un homme qui faisait boire de
l'eau... " Tu te sens comment ?

— Bien. Très bien.

— Tu vas t'en sortir, tu verras. Je ne dis pas ça
toujours. Je peux dire des choses terribles à des
malades. J'ai des échecs. J'en ai eu un il n'y a pas
longtemps. Une femme qui était à l'article de la mort,
à cause d'une pneumonie chronique, je l'ai sortie de là,
ça a pris des mois, elle était guérie. C'était une femme
que j'aimais bien. Le jour de Pâques, on va ensemble à
la messe, elle était à côté de moi, on sort de l'église, elle
me dit : " C'est le jour de la victoire ", et elle s'écroule
raide morte. Crise cardiaque. Je n'aurais pas imaginé
ça.

— Le magnésium ?

— C'est toujours bon. En fonction des moyens
qu'ont les malades, je leur fais prendre du magnésium,
ou n'importe quoi, une pommme de terre s'ils sont

pauvres. Une banane. C'est excellent les bananes. Tiens, viens voir ta tête. Tu as une autre tête que quand tu es arrivé, ça fait plaisir à voir. Tu te sens comment ?

— Irradié, de la tête aux pieds, ce n'est pas violent, légèrement irradié.

— Viens que je te montre ta tête. »

Il m'emmène dans la salle de bains et me pousse devant le miroir. Je lui dis que depuis des mois je n'arrive plus à me regarder, que c'est physiquement intolérable. Il me dit : « Tu vas pouvoir te voir de nouveau. »

J'aperçois vaguement dans la glace un type hilare, complètement défiguré, comme drogué à l'acide.

Le Tunisien me conduit jusqu'aux époux, qui n'ont pas bougé pendant une heure, serrés l'un contre l'autre comme des moineaux frileux sur le canapé, ils ne se sont pas servis de la vidéo, ils ne croient pas en Dieu, mais ils ont prié.

« Regardez-le notre fils, lance le Tunisien, ça fait plaisir à voir, vous ne trouvez pas ? »

Je titube, je suis flageolant, je dois avoir un sourire d'imbécile ébahi.

« Comment ça s'est passé ? demande le professeur.

— On va le tirer de là, dit le Tunisien, il va s'en sortir.

— Et ses intestins ? Vous avez pu faire quelque chose ? demande la femme du professeur.

— Ça c'est rien, croyez-moi, à côté de ce qu'il a. Ce virus est vicieux, je n'ai jamais vu ça. Il est diabolique.

— Votre épouse n'est pas là ?

— Non, elle est sortie... Enfin, non, elle n'est pas sortie. Pour vous dire la vérité, elle est là, mais elle ne veut pas le voir, lui. Elle l'a vu à la télévision, et elle dit qu'il ressemble à Bernard. Que si elle le voit elle va s'attacher, et qu'elle ne pourra pas le laisser partir. Elle se cache dans sa chambre. Juste avant que vous arriviez elle m'a dit : " Si tu le loupes, je ne te le pardonnerai jamais. " Vous entendez un peu ? Vous vivez avec une femme depuis trente ans, et elle vous menace, pour un inconnu qu'elle a vu à la télévision. Mais je ne l'ai pas loupé, dit-il en riant. D'ailleurs vous ne ressemblez pas du tout à Bernard, mais quand ma femme se met quelque chose dans la tête... »

Il va prendre une photo encadrée sur le buffet pour me la montrer :

« Vous êtes d'accord avec moi, hein, il n'y a aucun point commun ! »

Je découvre un petit jeune homme blond en costume trois pièces, près d'une jeune fille en blanc, le jour de leur mariage.

« Vous devez le revoir ? demande la femme du professeur avec nervosité.

— Non, ce n'est pas la peine, ça suffira. Je veux bien le revoir, bien sûr, il peut venir ici tous les jours, la porte lui sera ouverte, il est un fils maintenant pour moi...

— Je vais partir demain pour Tanger, dis-je.

— Vous croyez qu'il peut partir à Tanger ?

demande la femme du professeur dans une anxiété croissante.

— Bien sûr, ça lui changera les idées. Et si vous voulez, pour vous rassurer, je veux bien le revoir une fois avant son départ. Quand voulez-vous ? »

Je propose le jour le plus proche :

« Lundi.

— D'accord, lundi après-midi, à quinze heures, cette fois je viendrai chez vous, ça vous convient ? demande le Tunisien. Vous avez réussi à joindre votre ancien élève qui est devenu ministre de l'Intérieur ? »

Le professeur bafouille quelque chose d'un air gêné.

« J'ai parlé moi-même à sa femme au téléphone, dit pour prendre les devants la femme du professeur. Elle a fait comme si je la dérangeais.

— Ces gens-là sont toujours comme ça », dit le Tunisien avec indifférence, comme s'il laissait tomber tout espoir dans cette démarche.

Nous quittâmes le Tunisien, c'était un homme que j'adorais. J'essayais d'imaginer à quoi ressemblait cette Madame Lumière couchée dans le noir sur un lit, tendant l'oreille, le loquet de la porte fermée.

J'avais annoncé, donc, que je partirais le lendemain pour Tanger. « Je crains qu'il n'y ait pas de vol le samedi pour Tanger, m'avait dit la femme du professeur, nous le savons parce que ma mère fait souvent le trajet pour aller rejoindre ma sœur. Mais vous n'aurez qu'à venir déjeuner à la maison, je ferai préparer par la bonne un plat typique, vous aimez la cuisine marocaine ? Nous viendrons vous chercher comme d'habitude vers midi et demi pour vous emmener chez nous... »

En passant devant la réception, je demandai s'il y avait des vols pour Tanger le lendemain, on me répondit qu'il y en avait trois chaque jour. J'écrasai encore bon nombre de cafards, le store ne fermait pas, la nuit il faisait atrocement humide et froid et la femme de chambre, qui retirait toutes les serviettes de la salle de bains aux moments où j'en avais le plus besoin, avait bordé le lit avec le drap au milieu, pour laisser la moitié du corps au contact rêche de la couverture. Le matin on m'avait apporté un petit déjeuner sans confiture, j'en avais réclamé, on m'avait répondu qu'il n'y en avait pas, comme, la veille au soir, il avait été impossible de dégoter une bouteille d'eau minérale. Je n'en pouvais plus de cet hôtel, de ces employés qui ne comprenaient rien, et de ce plafond de lumière qui me tombait dessus toute la nuit pour empêcher les cafards de venir se promener sur mon visage. Je devais fuir. Le lendemain matin, j'appelai la femme du professeur pour lui confirmer que je partais pour Tanger, je lui demandai d'avoir la gentillesse de reporter au lendemain le déjeuner. Je sentis à distance une grimace de contra-riété. « Vous n'arriverez pas à partir, me dit-elle, justement j'étais en train d'appeler pour vous l'agence de voyage, tous les vols sont complets.

— Je partirai, je vais aller à l'aéroport, je trouverai bien une place dans un des trois avions.

— Faites comme vous voulez », dit-elle sèchement en raccrochant.

Elle rappela cinq minutes plus tard, tout miel :

« J'ai tout arrangé avec l'agence de voyage, vous pouvez partir tout à l'heure, je vous ai réservé une place, et je vais vous accompagner à l'aéroport, on ne sait jamais, un jour de Ramadan, les gens deviennent fous, Yves ne pourra pas nous accompagner. Il a commencé hier matin un nouveau livre, il voudrait y travailler un peu... »

A l'aéroport la femme du professeur tint à porter avec moi mon bagage, à courir de guichet en guichet pour vérifier d'improbables renseignements, et à m'accompagner jusqu'à la dernière porte. J'étais soulagé de quitter cette femme pourtant charmante.

« Je ne pourrai pas aller vous chercher demain soir, me dit-elle, je dois m'occuper de ma mère. Votre avion arrive à l'heure où on la fait manger. »

Téo m'avait donné envie de partir pour Tanger, et cette curiosité, je dois dire, avait contribué à ma décision d'aller à Casablanca rencontrer le guérisseur. Mon livre me donnait l'occasion de revoir toutes sortes d'amis perdus de vue. J'avais déjeuné avec Téo et, je ne sais pas pourquoi, il m'avait parlé de Tanger. Il m'avait dit : « C'est une ville magnifique, très mystérieuse, et c'est une vraie ville à l'européenne, bâtie au début du siècle, on voit l'Espagne en face, le détroit de Gibraltar, ce n'est pas comme ces autres villes marocaines étouffantes qui sont des petits joyaux artificiels pour les touristes. Le seul problème à Tanger, poursuivait-il en riant, c'est de faire du slalom entre les cafés pour ne pas tomber sur l'inévitable Paul Bowles.

— Tu connais un bon hôtel ?

— Oui, le *Minzah*, un vieux palace. »

Plus personne depuis longtemps ne me donnait envie de refaire un voyage : ni les récits de Gustave et Robin pour que je les accompagne en Thaïlande, ni l'Espagne d'Anna, ni le Brésil de David, le seul paysage qui me faisait encore un peu rêver était cette contrée rose et gelée, avec ses buissons bleutés à perte de vue, sur laquelle s'était posé l'avion, au Pôle Nord, en escale pour le Japon... Anchorage, une ville sans lumière du jour, dans la nuit du matin au soir, avec des néons dans la brume. J'étais mort pour l'envie de voyage. Mais ce bref récit de Téo, qui n'avait pourtant rien de très alléchant, peut-être parce que c'était lui, peut-être parce qu'il y avait la lettre du professeur par-derrière et que j'avais commencé à chercher dans l'atlas la distance qui séparait Casablanca de Tanger, peut-être parce que je n'attendais que ça en fait, m'avait donné envie de refaire un voyage.

J'eus la chance, à l'aéroport de Tanger, de tomber sur un jeune chauffeur de taxi très diligent. La campagne autour de Tanger au coucher du soleil était splendide, très verte, fraîche, douce, à caresser du bout de l'œil, les champs dorés étaient comme un pelage de jeune animal qui se laisse frotter le ventre. Le chauffeur me déposa devant le *Minzah*, où j'avais réservé une chambre. Je lui proposai de passer le lendemain me chercher vers cinq heures pour me reconduire à l'aéroport. Karouf, le portier qui avait pris ma réservation, me suggéra une suite, je la visitai, lui préférai une chambre plus petite qui donnait, derrière des palmiers, sur les grandes grues qu'on apercevait en direction du détroit de Gibraltar. On voyait aussi en contrebas les clients de l'hôtel autour de la piscine, déplaçant leurs chaises longues pour s'abreuver des derniers rayons de soleil, moches sans exception. Après avoir déposé mon bagage, je montai tout de suite dans la ville nouvelle. Un escogriffe malingre m'accosta, je lui dis : « La-choukran », il dit en ricanant : « Ah ! tu sais dire la-choukran, tu n'aimes pas les Arabes ? » Je dus me dégager un peu brutalement de l'emprise de son bras, il me rattrapa plusieurs fois. Je descendis alors dans la Medina, comme toujours étourdissante d'odeurs, de couleurs, de frôlements, de cadavres, de beauté et de pourritures. De tout petits enfants se glissaient dans la foule pour vendre des sacs en plastique noirs que n'importe quelle échoppe donnait avec une marchandise. Je remarquai que chaque passant de la ville arabe tenait un sac à la main. Désormais je sortirais toujours de l'hôtel, moi aussi avec un de ces sacs noirs, même vide, comme un mot de passe, et plus personne ne m'apostropherait ou ne m'agripperait le bras, j'avais mon passeport de caméléon.

Je dînai seul au restaurant maure de l'hôtel *Min-*

zah : couples et familles d'Américains, le couscous passait mal dans ma gorge, poussé à petites gorgées de vin gris de Boulaouane.

A la télévision, une chaîne espagnole montrait les effets de dégradation de la planète : la couche d'ozone, le soleil de plus en plus chaud, la disparition de l'eau, la mort des arbres. Puis des lettres s'inscrivirent sur l'écran : *La muerte en las veinas,* c'était un reportage sur les méfaits de l'héroïne, une caméra cachée dans une camionnette balayait des trottoirs où sévissaient les dealers ou les acteurs qui les représentaient, et qui feignaient de se détourner dès qu'ils apercevaient la caméra. Dans l'après-midi, j'avais remarqué que le cinéma de Tanger passait *Mission suicide.* Enfin un lit bien fait, des draps propres, pas de confiture de cafards, plus peur de l'obscurité.

Le lendemain matin je retournai dans la ville arabe, mon sac de plastique noir vide à la main. Je poussai jusqu'à une petite terrasse qui surplombait le détroit de Gibraltar, on voyait les paquebots blancs arriver dans la rade, on entendait leurs sirènes, il n'y avait que des vieux sur cette terrasse, encapuchonnés dans leurs burnous, assoupis à l'ombre ou au soleil, ne faisant rien qu'attendre que le temps passe et que le soleil finisse par disparaître derrière les maisons. Il y avait aussi de tout petits enfants qui jouaient violemment avec des balles, courant et criant, sautant la balustrade, jurant sur l'immobilisme taiseux des vieillards.

Je m'assis parmi eux, sur cette terrasse que je reconnus immédiatement comme un endroit familier, m'appartenant déjà au même titre qu'à ses autres occupants qui ne semblaient même pas remarquer ma présence, un lieu totalement en accord avec ce temps si curieux, à la fois paralysé, dilaté et accéléré, d'une fin de vie. Je remarquai que ma terrasse était également fréquentée par des monstres, des boiteux, des unijambistes, une petite ménine dodelinante, toute boudinée dans ses chaussettes blanches à dentelle, et cela m'allait bien de me retrouver parmi eux, moi aussi j'étais un monstre. Au lieu de me reposer au bord de la piscine, dont les occupants me répugnaient, je retournai l'après-midi sur ma terrasse, passant de l'ombre au soleil puis du soleil à l'ombre, comme les autres vieux, des heures et des heures durant. Je contemplai un tout petit garçon de quatre ou cinq ans, qui avait une grâce très particulière : un ludion, un enfant papillon qui passait d'une gaieté insensée à une morosité sans équivalent, c'était peut-être des simagrées de clown, il jouait avec un calendrier de l'année passée, et un petit bout de bois creux duquel dépassait une branche d'olivier.

Le portier de l'hôtel me remit un message : la femme du professeur m'avertissait que, contrairement à ce qu'elle m'avait dit, elle viendrait me chercher à l'aéroport. Me voilà reparti pour les dîners lugubres avec mes parents de substitut, pour les cafards désespérés par la méchanceté de l'homme, pour le fracas ininterrompu et moite de l'océan. Je n'avais pas envie de revoir le guérisseur.

Mon chauffeur de taxi m'attendait à l'heure dite, la campagne entre Tanger et l'aéroport était aussi splendide qu'à l'aller. Ce chauffeur me dit son nom et ajouta que je serais toujours le bienvenu à Tanger. J'avais beaucoup d'avance. Je montai sur une terrasse qui surplombait le terrain où les avions décollaient, mais il n'y en avait aucun en vue, ni petit ni gros. Adossé à un mur au soleil, je guettais sa disparition entre les palmiers, il était doux, chaud, rougeoyant, et je respirais à pleins poumons, comme le Tunisien m'avait dit de le faire, j'étais sûr que j'allais vivre.

Le lundi 23 avril, à l'heure du déjeuner, le professeur et sa femme me firent visiter leur appartement, prenant garde, en ouvrant et fermant les portes, que je ne rencontre pas la mère de Jacqueline, qu'on avait déjà fait déjeuner, et qui ne voulait pas être vue. Le professeur et sa femme habitaient au dernier étage d'une tour construite dans les années 50, ils disposaient aussi du toit de l'immeuble à partir duquel on avait une vue panoramique sur tout Casablanca. Cet appartement est l'un des plus biscornus, l'un des plus cinglés que j'aie jamais vus : un mélange de meubles classiques, Louis XIII ou Directoire, des sofas de velours rouge, des lustres de cristal, des chandeliers d'argent, une méridienne, un lit à baldaquin recouvert de faux léopard, une fresque avec la jungle, et des meubles berbères, un petit Alhambra reconstitué dans le couloir. Le professeur était très fier de sa décoration, qu'il avait entièrement faite lui-même, au désespoir de sa femme qui trouvait qu'il dépensait trop d'argent en pacotilles, alors qu'il ferait mieux de penser aux vieux jours. Sur le balcon il y avait un bassin avec des poissons rouges et de nombreuses plantes vertes qu'un très vieux jardinier entretenait depuis des dizaines d'années. « Vous ne savez pas vivre, vous les Européens, répétait-il au couple qui l'employait, toujours à travailler, toujours occupés à quelque chose et à courir par-ci par-là, vous feriez mieux de faire la sieste, l'homme n'est pas fait pour travailler mais pour se reposer, regardez-moi avec l'âge que j'ai, vous, à cause de vos activités, vous mourrez tous les deux bien avant moi. » En longeant l'appartement avec le professeur depuis le balcon, il me désigna deux chambres dont les rideaux étaient tirés : « Ça, c'était la chambre de notre fille, quand elle venait encore ici, maintenant quand elle vient nous rendre visite, elle préfère aller à l'hôtel... Et ça, c'est la chambre de ma belle-mère. » En chuchotant : « Elle est infernale, dire que c'était autrefois une femme formidable, maintenant elle nous martyrise et nous fait des chantages au suicide. Là, c'est parce qu'elle est en peignoir qu'elle ne veut pas vous voir, c'était une femme si élégante, si coquette, maintenant elle ne s'habille plus, elle attend l'infirmière pour la piqûre, elle est toujours horriblement nerveuse avant sa piqûre... » Nous nous mîmes à table, le professeur avait préparé une volumineuse salade composée dont l'élaboration, avec les jérémiades de sa belle-mère, lui avait pris toute la matinée, l'empêchant

241

de poursuivre son livre. Sa femme sonnait la bonne marocaine avec une clochette. Les époux dirent que la viande n'était pas bonne, saine certainement mais beaucoup trop dure, c'est le professeur qui avait fait les courses, il faudrait le dire la prochaine fois au boucher. Après le déjeuner, les époux me proposèrent de m'allonger sur le lit à baldaquin en attendant l'arrivée du Tunisien, je refusai. Le professeur mit ses lunettes et s'appliqua, à son bureau, à me dédicacer un de ses livres, celui auquel il tenait le plus. Il me dit, avec anxiété, tendant l'oreille au bruit de moteur de l'ascenseur qu'on percevait de derrière la porte d'entrée et regardant fréquemment sa montre : « J'espère qu'il n'aura pas oublié notre rendez-vous. Ça m'étonnerait de lui, mais en même temps il est souvent retenu à la dernière minute par des malades. Ça lui arrive d'être en retard, ne vous inquiétez pas... » A trois heures tapantes le Tunisien sonnait à la porte, accompagné cette fois de Madame Lumière, très belle, radieuse, les pommettes hautes, les cheveux un peu argentés, des bras potelés et bronzés, bien conservée comme on dit mais sans afféterie, ni maquillage. Une femme épanouie, aimée, heureuse. Je n'ai jamais senti autant d'amour se dégager sans impudeur chez un couple que chez le Tunisien et Lumière. C'était très beau. Ils avaient gardé ensemble leur enfance, sans qu'il y ait aucune mièvrerie ou perversité dans cette conserve presque surnaturelle. On sentait qu'ils continuaient de se regarder l'un l'autre avec les yeux avec lesquels ils s'étaient regardés quand elle avait dix ans

242

et lui quinze, mais il n'y avait pas de mensonge dans ce regard prolongé. Cette fois le Tunisien portait un blouson sport en nylon multicolore, sur une chemise entrouverte, et un pantalon toujours très moulant. « Ça va mieux depuis la dernière fois ? » me demanda-t-il. Puis, se tournant vers l'assistance : « Allez je vous l'enlève, je vais le regonfler comme la dernière fois, je vous laisse ma femme pour bavarder. » Nous voilà de nouveau dans un bureau, le Tunisien m'a poussé dans le canapé, s'est assis à ma gauche, et place une main à distance de ma gorge, et l'autre sur ma nuque. Il bavarde en même temps.

« Alors, tu t'es plu à Tanger ? »

Je lui raconte que je n'ai pas été incommodé, grâce à l'astuce du sac noir, sauf une fois.

« C'est la pauvreté qui pousse à l'indignité, dit-il, mais le Maroc est le dernier pays un peu chaleureux, un peu vivant, parce qu'il y a la misère. A cause de la misère on se serre les coudes. La France est devenue une nation de petits épargnants grippe-sous qui ne parlent que de plans d'épargne, et vendent les pamplemousses à la pièce...

— L'Italie est restée un peu chaleureuse.

— Non, dit-il, en Italie aussi c'est cuit. »

Cette fois je n'ai plus de chemise pendue à un cintre à fixer, ni la tache sur le pull blanc. Mes yeux ne s'agrippent à rien, je les ferme. Le Tunisien s'est relevé et, debout devant moi, garde ses deux mains au-dessus de mon crâne. Je l'entends chuchoter :

« Mon fils je te pénètre... Au nom de Notre Seigneur Jésus-Christ, je te guéris. »

Cette fois encore nous restons ensemble pendant une heure. Je lui demande ce que signifie pour lui la franc-maçonnerie, il répond : « L'agora, l'assemblée. Le culte de toute forme de différence. Tu es blanc, tu es noir, tu es juif, tu es arabe, tu es jeune, tu es vieux, tu es pauvre, tu es riche, tu es mon frère, sauf si tu me cherches des noises, alors je passe mon chemin, je ne veux rien avoir à faire avec toi. Mais les amis d'enfance aussi c'est l'assemblée, et on se retrouve tous les ans, on ne s'est jamais perdus de vue, et ça c'est plus important pour moi que la franc-maçonnerie. Bien sûr c'est un peu triste. On se voit vieillir, on voit les rides de l'autre, le ventre qu'il a pris, on se dit : pourvu que lui ne me voie pas comme ça... »

Il dit : « Au Maroc on n'aime pas les guérisseurs. Mais si j'arrivais à être bien avec le gouvernement, j'aimerais un jour bâtir un village de guérison, pas comme un hôpital, comme un vrai village, où les gens viendraient pour guérir...

— Il faudrait que vous couriez du matin au soir d'une chambre à l'autre...

— Pas la peine, dit-il.

— Alors une sorte de grande surface de la gué·rison...

— C'est ça, me dit-il en me jetant un clin d'œil roublard, tu as tout compris... »

Je lui demande s'il fréquente d'autres guérisseurs.

« Non, je les fuis. Je les déteste. Ils ne pensent qu'au fric. Ce sont tous des margoulins. Quand j'en rencontre un, il me propose de m'associer avec lui, il me dit : " A nous deux on se ferait bien dans les cinq millions par jour ", il n'y a que ça qui les intéresse, le fric et le fric. Non, moi ce que j'aime, c'est quand je vais en Alsace, une fois par an, dans la famille de ma femme. On vient me voir comme si j'étais un dieu. Les gens m'ont attendu toute l'année, ils rappliquent de partout, alors je m'éclate, je guéris du matin au soir, à tour de bras, j'aime ça. Les gens là-bas fabriquent des alcools, des marcs, on ne sait plus où mettre les bouteilles qu'ils apportent pour me remercier de les avoir guéris. Je n'ai jamais accepté d'argent... »

Le Tunisien me ramène dans le salon, avec cette même sensation de corps irradié de la tête aux pieds. Je demande à Madame Lumière :

« Quand il avait quinze ans il guérissait aussi ?

— Il n'en parlait pas, et je ne le savais pas. Mais je me sentais bien près de lui. Je recherchais sa compagnie, elle avait quelque chose de rassurant, je n'aurais pas su dire pourquoi... »

Je leur demande quel est pour eux le plus beau texte religieux :

« Les dix commandements », répond le Tunisien. Et sa femme : « Le cantique des cantiques. »

La femme du professeur est en train de raconter l'histoire de la trahison de sa meilleure amie. Une trahison sans éclat spectaculaire et sans événement particulier, une disparition sans raison, un abandon pur et simple, d'un jour à l'autre, sans aucune explication. Je sens que le Tunisien, assis à côté de moi, qui écoute poliment, s'ennuie à ce récit. Ce n'est pas sa façon à lui de communiquer, et il brûle de communiquer, ça le démange, ça fourmille dans ses doigts. Alors, devant les autres, il étend son bras sur le côté pour me refiler une dose de chaleur. C'est une situation hallucinante : les autres font semblant de ne rien voir, et moi, je me serais vu une semaine plus tôt dans ce salon aux meubles hétéroclites, avec ces gens, touché à la gorge par cet inconnu au blouson sport, je me serais dit que j'étais tombé chez des fous furieux.

« Mais nous sommes des fous furieux, me dit dans un petit rire le professeur, à qui je fis part ensuite de cette remarque. La mère du Tunisien se prend bien pour la réincarnation de Marie-Antoinette. C'est peut-être donc Louis XVII qui vous a guéri... »

Le Tunisien et Lumière m'ont embrassé très chaleureusement en partant. Lumière m'a dit : « Que Dieu vous protège. » J'avais déjà dû entendre ces mots dans ma vie, mais ils n'avaient jamais eu aucun sens pour moi. Je les comprenais pour la première fois.

Je retrouvai la plage, toujours déserte, à part quelques garçons qui entraînaient leurs corps. Sur une des dalles écroulées de l'ancien Kontiki un garçon était venu, seul, faire sa gymnastique. Il boxait dans le vide, face à l'océan. Des bandes de minuscules oiseaux blancs scintillants avec de très longs becs filaient au ras des vagues, ou bien trottaient menu au bord de l'eau, comme des éclats de soleil, se retournant tous en même temps dans leur envol, comme un damier tournoyant, pour devenir invisibles. J'eus envie du contact du sable sur mes voûtes plantaires. Je m'assis par terre pour me déchausser et retirer mes chaussettes. Je m'aperçus alors que je ne pouvais plus me relever. Aucune barre à quoi m'agripper, rien où je puisse me raccrocher pour me hisser sur mes jambes privées de forces. Ce vide, l'étendue immense face à l'océan et moi qui gesticule comme un crabe pour tenter de me relever, intriguant les jeunes garçons qui arc-boutaient leurs corps dans des équilibres compliqués, et qui ne comprenaient pas pourquoi un homme qui avait l'air d'avoir une trentaine d'années se mouvait comme ça, comme un vieillard. Dans le sable j'écrivis, pour reprendre l'expression de Madame Lumière : « Que Dieu nous protège. » Mais je n'étais plus sûr de la comprendre, entre-temps son sens s'était échappé. Quand je voulus remettre mes chaussettes, je m'aperçus que mes pieds étaient pleins de mazout.

« Ce soir c'est ce qu'on appelle la nuit du destin, me dit le professeur sur son balcon en me montrant la ville entièrement vidée de toute silhouette, l'avant-dernière nuit du Ramadan, les gens sont retournés chez eux pour apaiser leur faim, et ils vont ressortir prier toute la nuit à la mosquée. » Casablanca, avec ses premières lumières du soir, était bleutée, la brume de chaleur percée par les éclats jaunes des lampadaires au tungstène. Aussi loin que remontait le regard dans une de ces grandes avenues qui s'étoilait du centre-ville vers la mer, il n'apercevait ni voiture, ni motocyclette, ni le moindre passant. La ville était comme saignée à blanc, après une explosion atomique. La nuit était tombée. Dans l'appartement il fallait passer d'une pièce à l'autre en refermant soigneusement les portes derrière soi pour ne pas croiser la vieille femme. « Je la hais », me chuchota le professeur, en transpirant avec nervosité. Le couple voulait m'emmener dîner dans un restaurant de poisson, *La Mer*, sur le terrain vague qui s'étendait sous le phare, à égale distance de la mosquée du prince saoudien et de la mosquée du Roi en construction. Le restaurant était fermé pour le Ramadan, il fallait en chercher un autre. J'étais à l'arrière de la voiture, je regardais par la vitre, dans la nuit noire. Soudain la voiture passa derrière le chantier de la mosquée en construction. C'était une vision d'une beauté à couper le souffle : une mince grue lumineuse jouxtait le minaret sombre, l'éclairant d'une faible lueur jaune, tandis que des douches de lumière blanche s'écrasaient sur le chantier. Une pancarte énorme indiquait que c'était un chantier B. Quand je rentrai en France, une amie qui travaille dans le cinéma m'apprit que le grand entrepreneur, qui avait voulu racheter la maison d'édition qui publiait mes livres, serait atteint d'un cancer. Il avait décidé de laisser son nom dans le cinéma avant de disparaître, s'était rendu au Festival de Cannes pour se trouver les réalisateurs qui lui feraient son *Citizen Kane* et sa *Nuit du chasseur.*

Elbe-Paris. Ce matin j'entrais dans la salle des prises de sang, après avoir fait mon échographie abdominale qui n'a rien révélé ni au foie ni au pancréas, au moment précis où l'infirmière allait percer la veine d'un beau bras. J'aime de plus en plus voir une belle veine bien saillante d'un beau bras d'un beau garçon percée par une aiguille, mais j'ai détourné le regard. En fait j'aimerais faire moi-même des prises de sang. Le garçon avait les cheveux en épis, ils m'ont fait penser à ceux de Claudette Dumouchel. J'aimais bien ce garçon, sans doute plus junkie que pédé. Il répondait bas à l'infirmière, qui le questionnait en trayant son sang, qu'il avait des diarrhées, deux ou trois par jour. Claudette Dumouchel est passée en coup de vent, et nous avons échangé un large sourire comme on dit. Malheureusement j'ai été vite échaudé : elle a manifesté la plus grande familiarité avec le garçon dont on tirait le sang, et celui-ci la lui a bien rendue puisque, lorsqu'elle est repassée devant lui, il ne lui a rien fait de moins qu'un croche-pied, elle s'est esqui-vée avec le genre de sourire qui en dit long. Moi elle m'aurait fichu une claque. Après, pendant tout l'examen j'avais au bout de la langue : « Alors on se laisse faire des croche-pattes par des malades un peu trop sympathiques ! », mais je ne l'ai pas sorti, heureusement. De même j'avais hésité, sournoisement, à adresser la parole au garçon. Il me plaisait beaucoup moins depuis qu'il avait démontré ce lien de familiarité avec Claudette. Je voulais lui demander : « Vous êtes un patient de Claudette Dumouchel ? », ou, encore plus sournoisement : « Vous êtes un ami de Claudette Dumouchel ? » Faire d'une pierre deux coups : entrer en contact avec le garçon aux cheveux ébouriffés, et le remettre à sa place. J'entre dans la vie privée de Claudette Dumouchel, elle a justement eu un appel personnel pendant notre examen, et bien sûr je n'en ai pas loupé un mot, elle a dit : « Mais alors passe chez moi ce soir, ce soir je suis seule. » J'ai appris ensuite par recoupement que le copain en question, ou l'amant, était ostéopathe. Peut-être seulement un collègue alors. Mais elle était trop câline avec lui, elle l'a quitté en lui disant : « Bibiooo », et après avoir raccroché, un petit rire de contentement lui a échappé. Claudette Dumouchel avait la tête penchée au téléphone, elle attendait qu'à l'hôpital Broussais on lui donne mon taux de T4, j'observais ses cheveux en épis un peu roux, ils m'ont fait penser aux piquants du hérisson que j'avais touchés pendant qu'il se recroquevillait en tremblotant de peur, j'ai hésité pour ça aussi à le lui dire et je me suis jeté à l'eau, je lui ai parlé du hérisson : « J'ai été très étonné, ça ne piquait pas. —

Moi non plus ça ne pique pas, m'a-t-elle répondu, encore que j'aie mis un peu trop de laque ce matin. » Ce n'est donc pas de la gomina. J'ai alors pensé cette phrase : « Si nous étions fiancés, je vous appellerais mon petit hérisson. » Mais je ne l'ai pas dite. Malheureusement. A l'hôpital Broussais, le nec plus ultra en matière de T4, ils ont égaré mes tubes d'il y a quinze jours, il faut revenir faire des analyses demain matin alors que je n'ai pas encore ôté le sparadrap de la prise de sang de ce matin faite par un gros balourd qui avait les jetons et qui du coup a fait couler plein de sang partout. Mais à Claudette Dumouchel on ne refuse rien. Je lui ai demandé : « Ça ne fatigue pas le corps toutes ces prises de sang? Parfois j'ai l'impression d'avoir affaire à une bande de vampires... » Elle a répliqué : « Je vous jure qu'on n'en fait pas du boudin. » On blague bien avec Claudette Dumouchel, comme au lycée. Parfois j'ai l'impression de retrouver une copine de classe. Elle s'est accroupie au bout de la table pour me retirer mes chaussettes, comme le faisait mon père, je n'avais pas fait exprès de ne pas les enlever moi-même, mais à cause de ma blessure, la prochaine fois par contre je ferai exprès de ne pas les enlever, on verra si elle me rappelle à l'ordre. Ce n'est tout de même pas son travail de me déshabiller. Elle a été très délicate au moment d'ôter le pansement sur mon vilain petit bobo. Elle a examiné la blessure. Toujours accroupie à mes pieds, elle les a touchés et m'a dit que l'un était plus chaud que l'autre sans doute à cause de l'infection. Je lui ai raconté le rêve que j'avais fait avec elle trois jours plus tôt, sur l'île d'Elbe : il se passait aujourd'hui, le jour de l'examen, tout se déroulait comme prévu mais soudain, au bout d'une demi-heure, elle était appelée à l'extérieur de son bureau, et n'y revenait plus, je l'attendais une demi-heure, elle m'avait laissé en plan, je sortais du cabinet pour la chercher, je demandais à telle infirmière ou à tel interne s'il l'avait vue, finalement on me désignait un bureau où elle se tenait debout, dos à moi, occupée au téléphone. Quand elle a raccroché je lui ai dit : « Alors qu'est-ce qui se passe ? » Excédée elle m'a répondu : « Monsieur Guibert il n'y a pas que vous au monde ! » J'ai répliqué : « Mademoiselle Dumouchel, je ne sais pas si cet abandon ne relève pas de ce qu'on appelle une faute professionnelle. » Et elle, au faîte de sa fureur : « Monsieur Guibert, vous vous chercherez un autre médecin. » Un affreux cauchemar. Tandis que je le racontais à Claudette et qu'elle l'écoutait en riant, un peu pressée aussi que j'en arrive au bout, elle tripotait une manche de mon tee-shirt bleu, où j'avais laissé par mégarde une étiquette de blanchisserie, bêtement agrafée dans le tissu au point que Claudette a dû carrément l'arracher en y faisant un trou, elle s'est excusée, je lui ai dit : « Sur l'île d'Elbe ce sont des barbares. » Piqué-touché, respirez fort par la bouche, en quelle année sommes-nous ? Le train-train. J'ai correctement ressorti l'adresse de M. Jean Dufour, rue du Vieux-Marché à Bordeaux parce que cette fois-ci je me méfiais. C'était curieux, nous avions changé de bureau, nous étions dans le bureau où le docteur

Chandi me donnait ses consultations, j'ai dit en y entrant : « Mais c'est le bureau du docteur Chandi ! », Claudette Dumouchel a répliqué : « C'est surtout le bureau de tout le monde ! » Il y avait une très belle lumière, j'aurais aimé la filmer. Pour la première fois j'ai remarqué ses mains. Très belles mains, fines et longues, blanches, soignées, racées, comme la brutalité de la palpation n'aurait pu me les faire imaginer, les mains d'autrefois d'une gente dame du Moyen Age, aptes à délacer sur son gantelet les serres d'un oiseau de proie apprivoisé.

Dans le taxi qui m'amenait chez Robin pour dîner avec le docteur Chandi, soudain le chauffeur met la radio. Je reconnais la voix du Président de la République française. Il déclare la guerre. Dans mon pays c'est la guerre, pour la première fois sauf si ma mémoire me fait encore défaut. Le Président de la République tente d'apaiser les familles des ressortissants français mobilisés en Irak. C'est toujours à la radio, par hasard, dans un taxi puisque je n'en ai pas chez moi, ni télé, et que je ne lis jamais les pages politiques, que je rencontre la grande Histoire, et qu'elle me bouleverse. Le docteur Chandi est arrivé à moto. Gustave a voulu, avant que la nuit ne tombe, faire une photo du groupe dans la rue, avec le docteur Chandi perché sur sa moto. Nous avons tous accepté le jeu. J'étais heureux, même dans l'état où je suis, qu'il existe une photo de moi avec le docteur Chandi, et j'ai senti que lui aussi était heureux de savoir qu'il existera une photo de lui avec moi. Il m'a dit : « Rapprochez-vous, Hervé. » Et il m'a mis la main sur l'épaule, n'importe quelle autre main en cet instant m'aurait gêné, sauf la sienne, il n'y avait aucun abus dans ce geste, aucun poids d'appropriation ou de familiarité, c'était simplement le geste fraternel de l'amitié éternelle, et peut-être de l'adieu. J'ai annoncé la déclaration de guerre, personne n'était au courant, ils se sont rués sur un poste de radio. Un peu plus tard dans la soirée, seul à seul avec le docteur Chandi, je lui ai posé la question qui me brûlait les lèvres et à laquelle je pensais qu'il réagirait mal, je lui ai demandé : « Est-ce que vous avez idée de la sexualité de Claudette Dumouchel ? — Non, pas du tout, pourquoi ? a-t-il répliqué. Vous pensez qu'elle est... — Lesbienne ? Non, je ne le pense pas mais je me pose la question. Elle est parfois un peu brutale, et... — Un peu machotte », dit le docteur Chandi, et moi : « En tout cas elle n'a vraiment pas le genre hommasse, je ne sais pas si vous avez remarqué la finesse, la délicatesse de ses mains... — Tout ce que je sais, ajouta le docteur Chandi en me regardant avec étonnement, c'est que, quand j'appelle à son domicile, je tombe parfois sur un répondeur, où elle dit dans le message : " Nous ne sommes pas là pour le moment. " C'est vrai que le *nous* pourrait aussi recouvrir une femme... » Le docteur Marrash qui m'a fait le lavage alvéolaire était une très belle femme. Le docteur Sivignon qui m'a fait l'échographie abdominale était aussi une très belle femme. Tout comme le docteur Zazoun qui m'a fait mon fond d'œil. Toutes le genre très chic, nœud de velours noir sur une queue de cheval tirée au cordeau, chaussures plates, très cabinet dans le XVIᵉ. A côté d'elles ma Claudette fait figure de charretière punk.

En attendant que Claudette me prenne, je feuillette le journal, sans perdre un œil sur les allées et venues du service des maladies infectieuses. On a décapité une hyène dans un zoo de province, une nuit de pleine lune. On soupçonne des sorciers africains. La femelle du mâle décapité, traumatisée par la scène, ne s'alimente plus. Le journaliste a ressorti une citation de Pline le Jeune : « Portée au cou, la dent d'une hyène préserve des frayeurs qu'inspirent les ombres. » Je cache ma caméra vidéo dans un sac Fnac. J'ai rechargé ma batterie toute la nuit, mis une cassette neuve. Je sais que Claudette refusera, j'imagine des tactiques pour la forcer. Hier j'ai fait une deuxième prise de ma grand-tante Suzanne, dont la première comme par hasard n'avait pas été enregistrée. Il faisait une chaleur atroce. L'aide-ménagère lui donnait à la cuillère une glace au cassis en répétant interminablement : « Chaleur. Fatiguée. Trop chaud. Madame très fatiguée. » Suzanne a vécu l'intégralité du XXe siècle : les deux guerres mondiales, la tuberculose, la syphilis, la découverte de la pénicilline. Je lui demande en la filmant ce qui lui ferait plaisir pour son quatre-vingt-quinzième anniversaire, le 8 septembre. L'aide-ménagère polonaise essuie avec un torchon la couleur du cassis qui a débordé des lèvres. Suzanne réfléchit longuement, finalement elle dit : « Ce qui me ferait le plus plaisir, c'est que tu m'aimes jusqu'à la mort. » Assis dans le hall des maladies infectieuses, je continue de parcourir les gros titres du journal. En DH de *Libé* ce matin, deux étranges infos : « Le bureau américain de contrôle des aliments et médicaments (FDA) a approuvé la réalisation de tests d'un médicament controversé susceptible de prolonger la vie des victimes du sida et des séropositifs. Environ cent trente-cinq malades dans huit villes seront soignés dès le mois prochain avec de l'Ampligen, un produit antiviral, sans que leurs médecins ni eux-mêmes le sachent, a indiqué la FDA. » Et aussi : « Un jeune garçon de huit ans a tenté et réussi hier sa première cascade automobile, passant à travers un mur de flammes, agrippé au toit d'une voiture lancée à 80 km/heure, et conduite par son père. » Claudette refuse que je la filme, c'est clair et net, elle a horreur de ça, même la photo la fait fuir, peut-être une prochaine fois éventuellement, si elle s'est préparée. Je sors ma dernière carte. « Vous ne pouvez tout de même pas m'empêcher de me filmer, c'est mon corps, ce n'est pas le vôtre. — Oui, répond Claudette, mais mon corps à moi sera bien forcé d'entrer dans l'image pour vous examiner. » Fine mouche. « Et d'abord pourquoi voulez-vous filmer cet examen ? — Parce qu'il me semble suffisamment rare pour mériter qu'on en laisse une trace. Pour éviter de vous voir, ce n'est qu'une question de cadrage... » Même lumière extraordinaire qu'il y a quinze jours, il me faut absolument cette prise. J'essaie de poser la caméra sur le lavabo, « ça va glisser », me dit Claudette, elle a raison. Je lui demande si je peux faire un peu de ménage sur son bureau, je promets qu'ensuite je remettrai tout en place, je range sur la chaise le cube-calendrier, le bouquet d'abaisse-langue, les paquets d'aiguilles sous vide pour le piqué-touché. J'ai calé la caméra sur son bureau, en direction de la table d'examen, je me déshabille, et j'entre dans l'image. Claudette m'y rejoint. Elle dit : « Mon copain est en train de lire votre livre, il aime beaucoup, moi je n'ai pas le temps avec tous les articles que je dois me farcir pour ma thèse... » C'est donc un homme, pas une femme : le junkie qui lui a fait le croche-pied ou l'ostéopathe ? Ou quelqu'un d'autre ? Elle continue son investigation : « Défauts de mémoire ? Problèmes de concentration ? » Claudette se baisse pour retirer mes chaussettes, mais je ne sais pas si on le verra à l'image. Il y aura une chanson de Christophe : *Avec les filles j'ai un succès fou.* Claudette me demande si j'ai toujours autant de mal à manger, à déglutir. Je lui dis que oui, que j'ai dîné l'autre soir avec mon copain psychiatre, qui m'a bien observé pendant que je mangeais, et qui pense que c'est de l'anorexie mentale. Il faudrait que j'admette ce symptôme et qu'on essaie de le faire disparaître par une séance d'hypnose, mais lui ne se sent pas de l'entreprendre avec moi. Claudette me regarde avec de grands yeux. Je poursuis mon récit : « On a parlé un peu autour de ça, et on en arrive à parler d'autre chose, mais cette autre chose a des recoupements avec la chose cruciale... Je lui disais que je ne supportais plus les hommes, déjà érotiquement, que c'était quand même un gros problème pour un pédé. Le psychiatre m'a répondu que j'étais comme quelqu'un qui a été violé, que la première fibroscopie a été comme un viol, et il a ajouté : " Guibert vire sa cuti. " » Je venais de marchander avec l'infirmière le nombre de tubes de sang qu'elle me prendrait, j'étais parvenu à dix au lieu de onze. A la Fnac, où j'étais allé acheter des cassettes vierges pour la caméra, j'avais aussi marchandé : j'étais ressorti avec onze cassettes pour le prix de dix. J'aime le marchandage, c'est la vie. Tout est marchandage dans la vie. La mort c'est la réconciliation. C'est sur cette phrase que je voulais terminer mon livre. Je n'y arriverai pas.

Je changeai d'angle de prise de vues et, sans rien lui demander, je filmai Claudette Dumouchel. Elle était belle. Je filmai ses longues mains blanches qui pianotaient sur le clavier de l'ordinateur. Je filmai son visage dans cette lumière sublime, j'étais heureux. L'œil au viseur je voyais que l'image tremblotait imperceptiblement au rythme de ma respiration, des battements de mon cœur. Le mot *End* s'est mis à clignoter dans l'image-témoin. Fin de bande.

Aujourd'hui, 13 août 1990, je finis mon livre. Le chiffre 13 porte bonheur. Il y a une nette amélioration dans mes analyses, Claudette sourit (est-ce qu'elle me ment?). J'ai commencé à tourner un film. Mon premier film.

DU MÊME AUTEUR

Aux Éditions Gallimard

DES AVEUGLES

MES PARENTS

VOUS M'AVEZ FAIT FORMER DES FANTÔMES

MAUVE LE VIERGE

L'INCOGNITO

À L'AMI QUI NE M'A PAS SAUVÉ LA VIE

LE PROTOCOLE COMPASSIONNEL

L'HOMME AU CHAPEAU ROUGE

LE PARADIS

Aux Éditions de Minuit

L'IMAGE FANTÔME

LES AVENTURES SINGULIÈRES

LES CHIENS

VOYAGE AVEC DEUX ENFANTS

LES LUBIES D'ARTHUR

LES GANGSTERS

FOU DE VINCENT

Aux Éditions du Seuil

MON VALET ET MOI

CYTOMÉGALOVIRUS

Aux Éditions Jacques Bertoin

VICE

Aux Éditions Régine Deforges

LA MORT PROPAGANDE

COLLECTION FOLIO

*Composition Bussière
et impression S.E.P.C.
à Saint-Amand (Cher), le 24 septembre 1993.
Dépôt légal : septembre 1993.
Numéro d'imprimeur : 1719-1712.*
ISBN 2-07-038731-3./Imprimé en France.